U0109453

人民共和國文化與文學叢書

十 二 編

李　怡 主編

第7冊

中國現代文學學術形態（下）

黎 保 榮 主編

花木蘭文化事業有限公司

國家圖書館出版品預行編目資料

中國現代文學學術形態（下）／黎保榮 主編 -- 初版 -- 新北市：花木蘭文化事業有限公司，2024〔民 113〕

目 2+154 面；19×26 公分

（人民共和國文化與文學叢書 十二編；第 7 冊）

ISBN 978-626-344-859-9（精裝）

1.CST：中國文學史 2.CST：中國當代文學

820.8　　113009400

ISBN-978-626-344-859-9

人民共和國文化與文學叢書
十二編 第 七 冊　　ISBN：978-626-344-859-9

中國現代文學學術形態（下）

主　　編　黎保榮
企　　劃　四川大學中國詩歌研究院
總 編 輯　杜潔祥
副總編輯　楊嘉樂
編輯主任　許郁翎
編　　輯　潘玟靜、蔡正宣　美術編輯　陳逸婷
出　　版　花木蘭文化事業有限公司
發 行 人　高小娟
聯絡地址　235 新北市中和區中安街七二號十一三樓
　　　　　電話：02-2923-1455／傳真：02-2923-1452
網　　址　http://www.huamulan.tw 信箱 service@huamulans.com
印　　刷　普羅文化出版廣告事業
初　　版　2024 年 9 月
定　　價　十二編 10 冊（精裝）新台幣 20,000 元　

中國現代文學學術形態（下）

黎保榮 主編

目　次

下　冊

如何理解歷史與生活
——林崗現當代文學研究面向

包　瑩*

2009 年在中大讀碩士的時候，選修林崗老師的《西方文論》課程，第一節課林老師穿著一雙布鞋來上課。因為這雙布鞋，我們宿舍小團夥在那節課都沒有「看清」老師的臉，回去直接給他取了一個昵稱：林爺爺。「林爺爺」叫了很長一段時間，後來才發現這位「爺爺」，其實是我們父輩那一代人。我出生於 80 年代靠後，那時中國的「文化熱」和沿海地區的「改革開放」已經興起，當我的父母還地處粵東山區，捧著他們的工人「鐵飯碗」，絲毫沒有察覺即將到來的社會巨變時，林老師已大學畢業多年，在中國社會科學院文學所工作，並「不自覺」參與到了知識分子精英的圈子中。

八十年代中期開始的文化熱，對思想文化界產生的衝擊是巨大的，不僅召喚來了重估一切價值的時代，而且培養了一代富有探索精神的年輕學人。今天，當我們這些在嚴格的教育體制和消費社會中成長起來的又一代人回看八十年代的時候，除了通過閱讀前輩的各種「新解」去理解那個年代，更多地，還為他們當時的純真、努力和勇氣所感動。當年眾多年輕思想者身上體現出來的強烈人文關懷，沒有被時間湮沒。我讀到的林崗「少作」《傳統與中國人》，已經是 2010 年北京中信出版社的版本，距離 1987 年的初版有 23 年之久。在該書扉頁上，印有初版序言手稿，在手稿中我讀到一句話：我們謹以此書，參與祖國的社會主義現代化進程，並獻給一切關懷中國命運與人類命運的朋友們。我在這句話上面停留了許久，「現代化」、「中國命運」、「人類命運」，八十

* 包瑩，中山大學文學博士，暨南大學博士後，主要從事中國現當代文學研究。

年代的關鍵詞一覽無遺，作者的激情呼之欲出，我亦感到莫名的激動。帶著這樣的感覺往後翻幾頁，很快，在該書收錄的「牛津版前言」（2002年）中，我看到它的作者也特意提到這句話，並重新確認這種恍如隔世的表述確實代表著當時「與現實對話」的內心激情。

八十年代特有的文化氛圍決定著它對「五四」精神的承繼，而「五四」旗幟又深深地吸引著當時的知識青年，參與到社會主義現代化的進程中去，猶如革命年代的「到戰爭中去」，既是個體選擇，也是群體性選擇。這正如1985年深圳召開的「文化協調會議」議題所說：中國只提出四個現代化是不夠的，除了科技現代化、國防現代化、工業現代化、農業現代化、還必須政治現代化和文化現代化，才是一個完整的現代化。〔註1〕《傳統與中國人》再版多次，在每一次的再版後記中，我們可以看到作者對「五四」新思潮和傳統文化的不斷反思。也正緣於此，林崗上世紀末在安徽文藝版後記中寫道：「新思潮會被後人超越但永遠不會過時，就在於它對傳統的自由反思立場，如果我們要增進對中國歷史文化的理解，一定不可以脫離以『五四』新思潮為代表的獨立反思的立場。」〔註2〕

堅持獨立、自由的思考，對歷史葆有「同情之理解」，是林崗老師治學的基本態度。林崗老師這一代人，既有青少年時代的「文革」經歷，又走過了八十年代至今中國社會的巨大變化，細讀他的著作，能從中感受到時代風潮與個人志趣的結合，其中有幾點，包括強烈的求知欲望，留給我非常深刻的印象。一是從「五四」研究出發，再回到「五四」，或者說從來沒有離開過「五四」新文化研究。對「五四」新思潮的再討論、不斷反思、對傳統文化的包容與再闡釋，是林崗先生整個現當代文學研究的核心。在我的理解中，林崗先生對「五四」新思潮及前輩的努力心懷敬意，儘管「現代文學」在草創之初與傳統的對立不乏偏激、不乏片面，但「五四」先驅的本心是勇敢無畏的，他們希望通過創造新文化來創造新中國，從這一點來看，他們又是偉大的，我們後輩其實一直沐浴著新文化的恩澤。二是堅持從更加開放、包容的大文化角度理解文學，打通文史哲的學科界限，林崗認為文學作品所談論的「永遠都是我們自己和我們生存著的世界」；文學批評的本質更應該是「理解文學」，而不是證明自己所持觀念的重要性，他反對意識形態批評。三、林崗先生的學術研究，既是他的

〔註1〕馬國川：《我與八十年代》，生活・讀書・新知三聯書店2011年版，第37頁。
〔註2〕劉再復、林崗：《傳統與中國人》，中信出版社2010年版，第456頁。

工作，也是他的生活，更是學者自我啟蒙的一部分。他強調面對歷史與生活，必須抱持「溫情與敬意」，認為只有「國民對國家深摯的情感和認同」才在國家生活具有「本位地位」。「人」離不開歷史，也離不開生活，探討人類形而上的精神世界與人類共通的基本主題，是林崗先生從事文學研究的基本出發點。

一、「五四」留給我們什麼

林崗在許多不同的場合提到錢穆 1939 年在《國史大綱》中所講的，面對本國已往歷史與文化應葆有的信念：溫情與敬意；要以這樣一種態度來看待歷史，首先面對的必須是已經成為歷史的「歷史」。俗語常說「當局者迷，旁觀者清」，學術研究中的「旁觀者」，更多帶有隔代的眼光和價值觀，隔代與同時代相比，可能看得更「清」，但往往也缺乏歷史的在場感與生命的現實感，隔代不可避免地總會有些「隔」。在二十世紀中國思想史上，「五四」十年和八十年代常被人並舉，不僅因為它們發生機制的相似，更在於它們同樣蘊含巨大的創造性和豐富的探索空間。八十年代學人更願意「重舉五四大旗」，因為在又一次從「神」回到「人」的訴求中，他們在「五四」許多未竟的主題中找到了契合自己所處時代的學術生長點，林崗一代人的幸運，便在於他們可以從「旁觀者」的角度回看「五四」，同時憑藉巨大的激情成為八十年代的「當局者」，與「五四」對話。

「八十年代的文化學術氣氛是活躍的。我那時讀魯迅小說，最有感覺的還是《阿 Q 正傳》，當時討論得最熱烈的題目是阿 Q 形象的性質是什麼這一問題。我卻想把它與傳統文化連接起來，因為思想解放的啟蒙氣氛啟發了我，由這樣的進路可以重新思索五四新思潮的基本主題。」〔註 3〕林崗早年在文學所的「近代文學研究室」工作，他學術興趣廣泛，除了晚清近代文學研究，還關注歷史學、哲學、社會學和比較文學，中國現代文學研究的主要著力點則在「五四」新思潮。在八十年代的一系列研究中，林崗主要從兩個方面梳理「五四」主題，一是從傳統的角度切入，探討「五四」發生的可能性；二是分析「五四」著力於解決什麼問題，尤其是在「人」的問題上，到底達到了怎樣的深度。

對傳統文化的批判，是林崗最初從「五四」新思潮繼承的衣缽。林崗曾經

〔註 3〕林崗：《學問初途——記八十年代往事》，原載中大中文系學生所辦刊物《在水一方》。

寫作的專著《論中國文化對人的設計》《傳統與中國人》，論文《我國近現代批判理性的成長》《傳統道德的困境——「五四」新文化運動對傳統道德的反思》《從傳統到現代的轉化》等著作，認為「五四」時代激烈的反傳統思潮不是偶然性事件，而是建立在中國近代批判理性成長的基礎上。中國的近現代批判理性在明末萌芽，清末再次爆發，兩次都因為嚴重的社會危機。在經過清末一系列的技術反省、經濟反省、軍事反省、制度反省均告失敗的局面之後，中國思想界終於意識到「人」的落後是長久以來的變革所忽略的問題，而「人」的落後來自傳統文化（具體來說是「禮治秩序」）對人的「設計」。這些文章尖銳地批評到，傳統文化具有濃厚的泛道德主義色彩，引導國民走向冷漠、自私、虛偽的性格，而傳統倫理學在對「修身」「恕道」強調的同時，壓抑了「人」的主體性，並嚴重制約了國人理性思維的發展，從而帶來社會道德、法律、文化全方位的困境。對「國民性」的反省，首推「阿Q模式」的探討。在論文《中國的傳統文化與「阿Q模式》中，林崗主要從道家與佛教思想對阿Q的精神勝利法進行考察，認為中國的佛老宇宙觀和人生觀，是一種反選擇反進化很強的文化，它不僅造成個人自我價值的毀滅，而且抑制和阻礙了民族的發展進化。林崗在整個「五四」的分析中，貫穿著「理性自覺」的思路，這種思路一方面借助了康德啟蒙的「人」的觀念，另一方面嵌入了「現代」意識，而在八十年代的歷史情境下，「現代」意識與對「現代化」的追求存在某種統合性。

八十年代最重要的論題是「人」的問題，當時各路名家都對諸如「情本體」、「主體性」等問題提出自己的見解，在此基礎上，《傳統與中國人》也強調個性與主體是傳統向現代轉化的關鍵。林崗對於現象之間的關係以及問題背後的觀念有天然的興趣，弄清歷史的來龍去脈，是他治學之初就形成的習慣，這裡借用韋勒克、沃倫的說法，暫且將之稱為「內部研究」。因此，在當年從思想史切入文學研究的時候，儘管具有強烈的「現代」意識，但他仍然「謹慎」地看待這些西學，在借用它們的方法論的時候，不忘加上「中國的」具體界定。在談到「五四」時代對「個人」的發掘時，林崗將之與西方比對，論文《西方文藝復興運動和「五四」運動對人的不同認識》認為，「五四」所強調的個人精神單異性，與當時知識分子所關懷的國家和民族命運相連。也就是說，中國的為了「救亡圖存」的「個人主義」的崛起，更多來自知識界自上而下的振臂一呼，它與西方指向世俗幸福的資本主義運動有本質上的區別。同樣，我們都知道西方近代的浪漫主義思潮具有強大的反叛性，但是「個性解放」

「個人主義」這一套東西來到中國後出現了林崗所說的「轉形」，浪漫主義在中國，其立足點「依然建築在人倫關係之上」。〔註4〕《民族主義、個人主義與五四運動》一文進一步討論中國傳統倫理學對西方「個人主義」的收編，筆者認為此文是此類「內部研究」中眼光最為獨到的一篇論文。林崗認為：中國民族主義的實質是國內政權重建的問題，而以民族主義方式來適應現代化是二十世紀初之後中國近代史的總問題。在這個總的前提下，才有「五四」對知識分子具有獨立批判精神和個人主義的要求。但是，中國的特殊性在於，知識分子的這種要求不是建立在對某種抽象的價值觀念和原則的追求上，也不是純學理的討論，他們只不過是把這種觀念當作向舊思想舊制度衝擊的武器以及吸引大眾的旗幟，自由、平等、獨立、民權等形而上的價值觀念被降落到工具層面，因此當他們的「目的」達到了——「新文學」成雛形了、民眾拉攏過來了、救亡圖存開始了——知識分子便可「功成身退」，「五四」落潮也成為歷史之必然。〔註5〕

在熱鬧的反傳統聲音中尋找傳統留給新文學的遺產，這樣的思路是清醒的，一方面是因為傳統是相對於「現代」來說的，但是並沒有一個完全割裂的單純的現代，如 T.S.艾略特《傳統與個人才能》所說，傳統並非過去的東西，而是貫穿過去現在未來的有生命力的歷史意識精神河流。所謂現代只是傳統的一部分，它很快會成為傳統，換言之，現代也是傳統的。在此意義上，可以說我們就在傳統之中，無法擺脫，我們賦予傳統以新的理解而非完全擺脫傳統。叔本華在《叔本華論說文集》中也指出一個人一生中最初的歲月為他整個人生觀——無論它是淺薄的還是深刻的——奠定了基礎；儘管這世界觀在後來人生旅途中還會得到豐富和完善，但其實質是無法改變的。換言之，傳統就是新文學「最初的歲月」與血脈，它給新文學奠定了基礎，雖然改變了方向，但是本質不變。另一方面是因為林崗看到人的「新覺悟」總是帶有時代的烙印，假若離開那個時代來對先覺者進行嚴酷的批評，其實是有失公允的，對待他們，應該充滿溫情與敬意。林崗在八十年代末對此已有自覺意識，論文《西方文藝復興運動和「五四」運動對人的不同認識》發表於 1988

〔註 4〕林崗：《關於晚明以來文學浪漫思潮的斷想》，《內蒙古社會科學》1985 年第 5 期。

〔註 5〕林崗：《民族主義、個人主義與五四運動》，中國社會科學院科研局、《中國社會科學》雜誌社編：《五四運動與中國文化建設——五四運動七十週年學術討論會論文選》，社會科學文獻出版社 1989 年版，第 411～434 頁。

年，文末他寫道：「一旦弄明白他們怎樣認識人，包括作為整體的人和個人，我們就會理解這個世紀初的文化批判運動。在可以預見的將來，對『五四』的文化批判本身的估價必然會成為學術界爭論的問題之一」。林崗當時 31 歲。九十年代之後消費社會很快到來，「五四」一度沈寂，人文精神逐漸失落。但沈寂不等於被遺忘，在林崗寫於 2000 年之後的一系列論文中，如《海外經驗與新詩的興起》《論文學演變中的自然與人為——晚清到五四（1847～1917）》《論「抉心自食」——寫於新思潮百年之際》等，我們仍然可以發現「五四」豐富的可闡釋性。

二、什麼是文學

在林崗早年研究中，靈魂維度是一個繞不過去的關鍵詞，不管是《傳統與中國人》中對民族靈魂的探討，還是《罪與文學》對「曠野呼告」意象的借用，都體現了它們的作者對文化與靈魂之關係的探索。《罪與文學》的啟動在八十年代末九十年初，整個寫作跨越九十年代。該書繼續前一時期的理想，探討個體生命價值，討論中國傳統／文學中個體靈魂的缺失。落實到具體的操作上，則借用西方文學傳統中「罪」的觀念，從懺悔的角度來展現靈魂維度和人性深度。《罪與文學》可視作「重寫文學史」的一部分，這是一種學術史的努力，但它卻意不在建史，因為後者必然意味著各種框架和定論，而文學本沒有定論。九十年代之後文學寫作與學術氛圍的驟變促使它的作者尋找一個更合適的距離來推進、完善自己當年的想法，但不管外在環境如何變化，《罪與文學》依然立足於一個最簡單卻艱難的問題：什麼是文學。第九章《中國現代文學的整體維度及其局限》概括了一部偉大的作品必須具有三個維度：一是本體維度，扣問人類存在意義；二是本真維度，扣問宗教以及與之相關的超驗世界；三是本然維度，扣問生命野性。這三個維度顯然與第十章討論的「20 世紀中國廣義革命文學」所執行的「歷史、國家、社會」標準大相徑庭，後者因為在三十年代接受了馬克思主義對生活、社會、人生的解釋和歷史唯物主義的「進步」觀念，在文學上確定了新的寫作規範，而要重新理解文學必須拋棄這些「非本真之維」。林崗在《什麼是偉大的文學》中，用三項具體的批評尺度去闡釋上述本體、本真、本然三維：「第一項關乎句子的品質，能否寫出在閱讀史上有長久迴響的句子；第二項指涉文本世界隱喻性的豐富和深刻程度，從中表現出或反映出不隨時間而變遷的人生的本相；第三項是文本在多大程度上揭示了人性，揭示了千百年來人類生活本身的性質。」〔註6〕林崗一直以來對魯迅高度評價，原因就在他的作品基本滿足了文學三維，而且在「五四」各種主義和無主義高漲的年代，魯迅是少有的保持判斷力的清醒者之一。林崗在該文中以孔乙己自侃，因為每次他在講堂上口如懸河的時候，面對的常是許多呆若木雞或者刷屏玩微信的莘莘學子，真正喜歡文學的人不多，能夠發現有人性深度的文學並為之所吸引的則更少。這種現象不僅出現在學生身上，同樣體現在研究者的素養中。

林崗回憶，年輕的時候曾去請教錢鍾書「學問到底是什麼」，錢老言簡意賅地指出所謂學問不過是「素心之人的閒論」〔註7〕。錢鍾書的回答，顯然無法滿足現今高校的學科建制，而林崗在多年後面對條框愈多的「二級學科」時，則表示更願意將文學視為「文史之學」〔註8〕。「文史之學」，既可以簡單地理解為文學＋歷史，所謂「文史不分家」，表達的是學科綜合概念；也可將之理解為思想觀念的融匯交流，這一點尤其體現在後現代批評理論對人文學科邊界的拆除之上。與古代相比，體制化時代的學術表述自由受到更多限制，專業知識的標準化和形式化，在一定程度上抹殺了研究者的創造天賦，學術研究很多時候只是為了完成某種體制目標，淪為謀生的工具。但事實上，「不論哪個時代，學術所表達的其實是人們對現象的認知，這一點古今並無差別」〔註9〕。與此同時，九十年代隨著消費時代出現的文化批評，也面臨著被市場消費的困境，文學批評一旦喪失批判精神，便容易淪為消費本身。〔註10〕鑒於此，林崗不斷重申，文學作品所談論的「永遠都是我們自己和我們生存著的世界」，文學批評的本質更應該是「理解文學」，而不是證明自己所持觀念的重要性，後者反對的顯然是意識形態批評。〔註11〕反觀二十世紀中國文學，它恰恰為意識形態所滲透。《20世紀「現實傾向」文學的歷史回顧》一文討論文學寫作的個人經驗與政治壓力之間的關係。林崗認為，後者對前者實施某種程度的組織控制之時，便是文學由現實走向幻覺之際。二十世紀中國的「現實主義」文學所

〔註6〕林崗：《什麼是偉大的文學》，《小說評論》2016年第1期。
〔註7〕林崗：《學問初途——記八十年代往事》，原載中大中文系學生所辦刊物《在水一方》。
〔註8〕林崗：《地域傳統與自然的啟示——讀〈額爾古納河右岸〉》，《小說評論》2016年第6期。
〔註9〕林崗：《體制化時代的學術研究》，《學術研究》1998年第10期。
〔註10〕林崗：《文化熱、文化批評與消費時代》，《學術研究》2006年第3期。
〔註11〕林崗：《關於文學與社會的斷想》，《文藝爭鳴》2004年第4期。

體現的「現實」與「社會」，是馬克思主義意識形態構築的人類社會觀念，是非現實的、遠離社會的文學對象。但中國文壇的現狀卻是，越描寫這種非現實的社會則越是現實的，而根據個人體驗進行的文學書寫則不能達到「標準理解」。〔註 12〕

既然認識到中國「現實傾向」文學的弊端，那麼多年來左翼文學堅持的「社會—歷史」批評標準便不能再適應「本真」的文學，批評理論的合理性應該有新的標準，具體來說包括兩個方面：一是邏輯的自洽，內部分析的圓融；二是對想像的解釋能力。林崗尤其反對批評理論對作家的「指導」，在他看來，批評家和學者只是為好奇心所推動，提出假說來解釋現象，這一點與寫作更多體現著作家的人生經驗是殊途同歸的，它們都是個體行為，批評理論更加不能被當成政策、方針來加以推廣。其次，中國素有「立言」傳統，但這一傳統到了現代社會已經發生了改變，文學的體制化和消費社會的鼓吹使得原本要經過時間才能檢驗出是「不朽」還是「速朽」的文字，得以「速成」，林崗認為這是「事功」與「立言」的合併。「事功」可能帶來的好處，讓很多作家與批評家站不住腳跟，既禁不住誘惑，又不得不承受「焦慮的影響」，而對於整個文學時代來說，最大的損失可能就是這些文字的「速朽」。〔註 13〕因此，不管是作家從事寫作、批評家從事文學批評、學者從事文學研究，除了必須具有冷靜的頭腦和一顆勇敢的心，保持上面提到的「旁觀者」距離是一個重要的條件，因為「當我們要探究歷史所指稱的人類活動的時候，應當不是孤立地去考慮其曆法意義的時間推移，而應當將一代人的社會活動及其結成的社會關係與它們是否在時間度量中基本消失一併考慮在內」〔註 14〕。以「當代文學」為例，林崗認為「當代」對應的應該是歷史，但不能用歷時的眼光將之視作歷史的一個部分。在現今的學科體系中劃分出來的「當代文學」包括建國後十七年文學、文革文學、以及八十年代之後的文學，按照上述標準，前兩個時間段的文字工作者已經完全退出了文壇，他們結成的社會關係，包括他們當年所處的文學體制都已不復存在，因此它們理應成為「歷史」；所謂「當代文學」，就是還沒有成為歷史的當前年代的文學，按照中國的習慣性說法，三十年左右為一代，那麼八十年代以來的文學因為仍然與我們今天的生活聯結在一起，所以儘

〔註 12〕林崗：《20 世紀「現實傾向」文學的歷史回顧》，饒芃子主編：《二十世紀學術回顧專集》，暨南大學出版社 1997 版，第 81～100 頁。

〔註 13〕林崗：《焦慮的影響》，《小說評論》2016 年第 4 期。

〔註 14〕林崗：《什麼是「當代文學」？》，《揚子江評論》2008 年第 2 期。

管它部分已經「過去」，但他們仍屬於「當代文學」。〔註 15〕如此就避免了「現代文學」和「當代文學」的學科話語權的無謂爭論，也避免了「民國文學」和「共和國文學」的按政治年代分界的生硬牽強，而將文學拉回到歷史的框架之中來理解。什麼是「當代文學」的這種思路，有助於我們重新認識一直以來對中國社會影響至深的馬克思主義「進步」觀念，進一步探討什麼是文學，以及如何理解歷史與生活。

三、如何理解歷史與生活

二十世紀中國現當代文學的主流是「革命文學」，按照《罪與文學》中「廣義革命文學」的說法，革命文學大概從 1925 年開始算起，至 1976 年文革結束，前後持續約 50 年。在這五十年的時間裏，它先後經歷了三十年代的「左翼文學」、四十年代的「延安文學」以及五十年代之後的社會主義現實主義文學，對中國幾代作家與批評家產生了深刻的影響。林崗雖然出生於五十年代末期，但年幼與下鄉的經歷使他剛好與這段歷史「擦肩而過」，據他回憶，知青時期他唯一讀過的長篇小說是《虹南作戰史》和幾本《朝霞》。1977 年春天，林崗進入中山大學學習，是最後一屆免考推薦上學的「工農兵學員」，學制三年。但「如果任我選擇，當然是理科。因為那時我對文學唯一的看法，既是虛構的，便是不可靠的」〔註 16〕。我們無法考察林崗為什麼會產生這種「不可靠」的印象，也不太清楚他的同齡人中有多少人持相似的看法，但在那個史無前例的年代長達十年「文學」的匱乏，以及父親讓他們兄弟三人背誦並默寫毛主席語錄的「任務」，或許會成為產生這種感覺的誘因。〔註 17〕林崗真正走進學術大門的時候，「革命文學」已經落在了時代之後，「傷痕文學」「反思文學」「尋根文學」「先鋒文學」等控訴、反思、探索的文學形態紛紛出現，惟獨原本一家獨尊的「革命文學」，轉身便成為被批判的對象。借用馬克思分析階級鬥爭時使用的二分法，「革命文學」此時已經「落後」，因此「逐漸退出歷史的舞臺」。但「歷史」翻過的這一頁帶給林崗的卻是更加現實的個人感受，從「接班人」退化成「時代的一顆砂粒」，「我清楚知道，我兩手空空，一無所有。身為時代的一顆砂粒，最強烈的感受只有一個，就是我為什麼這麼無知與愚

〔註 15〕林崗：《什麼是「當代文學」？》，《揚子江評論》2008 年第 2 期。

〔註 16〕林崗：《學問初途——記八十年代往事》，原載中大中文系學生所辦刊物《在水一方》。

〔註 17〕林崗：《父親的奧德賽》，《花城》2013 年第 4 期，第 190～191 頁。

味」〔註 18〕。時代變化帶給林崗的不是年輕人在「新時期」的「意氣風發」，他所感受到的更多是革命之後的「失落」。這種失落指的不是情緒上對革命年代的緬懷與對其逝去的惋惜，而是當一直以來毋庸置疑、也不得不服從的最高標準「革命意識形態」被褫奪了最高指導權之後，個體應該將自己安放到一個什麼樣的位置所帶來的困惑。筆者相信，這是當年大多數有思考精神的青年人曾經想過的問題，林崗「一無所有」的感受，不是個案。今天我們讀到的大量歌頌八十年代校園青春文化的文章，某種程度上是當年高考制度恢復之後「佼佼者」學生的書寫，我們當然可以從中感受到他們與建國之初胡風寫下「時間開始了」那種同樣的內心激情，但我們也要知道，當時更多的青年還流落在社會各個角落，就是已經進入大學校園的幸運者中，也存在林崗這種「後知後覺」者。

「後知後覺」、沒有功利心誘導、自由讀書、獨立思考，林崗大學畢業後到中國社科院文學研究所工作的那段經歷，讓人想起一個可能不太恰當的表述：睜眼看世界。這是時代給他的饋贈，也是他個人努力的結果。八十年代開啟了二十世紀中國的後革命時代。所謂「革命」是一種思想觀念，用以指導變革的行動，八十年代的自由生長，也正因為它生長在革命意識形態褪去、新的意識形態尚未定型的夾縫中。「革命文學」是將革命意識形態化用到文學中的一種文學形態，就本質而言，無所謂「先進」與「落後」，它更顯著的意義在於是否應時而生。但一元論的歷史觀對現代中國的影響是巨大的，「一代又一代知識分子確信歷史向前發展，以新代舊即是進化」〔註 19〕。八十年代對「新時期文學」的命名，與「五四」新思潮對「新文學」的命名道理是一樣的，都包含有對「過去」一段歷史的否定。但作為「五四」的重要遺產，「革命文學」從來都是繞不過去的，不僅是它所提供的技術手段，比如「傷痕」「反思」文學使用的「控訴」「揭露」，與當年的左翼文學如出一轍；更重要的是它背後起支配作用的馬克思主義意識形態，它所包含的歷史唯物主義時間觀、階級觀、進步觀，對中國社會的影響是深遠的。

瞭解了上述背景，我們不難理解林崗對於「革命文學」的重視，選擇對它進行深入的研究，不僅在於它是「五四」遺產的一部分，具有學術價值，更在

〔註 18〕林崗：《學問初途——記八十年代往事》，原載中大中文系學生所辦刊物《在水一方》。

〔註 19〕林崗：《關於比較文學學科性質的若干思考》，深圳大學中國文化與傳播系主編：《文化與傳播》（第四輯），海天出版社 1996 年版，第 18 頁。

於它構成了學者自我「啟蒙」的一個重要階段。林崗對「革命文學」的研究是較為全面的，如《20 世紀「現實傾向」文學的歷史回顧》，著重討論個人寫作經驗在政治意識形態中逐漸消失的過程，剖析中國的現實傾向文學所具有的特點；《中國現代小說的政治式寫作》，通過分析《春蠶》《太陽照在桑乾河上》《李家莊的變遷》等作品，認為馬克思主義意識形態與唯物史觀對中國現代小說敘事中產生巨大影響，有效化解了藝術、文學的自由意志對歷史與現實的抗拒；《20 世紀中國廣義革命文學的終結》深入分析馬克思主義作為一種意識形態進入中國思想文化界的過程，尤其強調歷史唯物主義時間觀的引入使中國現代小說敘述產生變形，作家的主體自我被歷史的客觀規律和階級、階級鬥爭的觀念隱去，革命文學為了要「進步」，最終導致良知和自由意志的喪失。在《意識形態與故事敘述》中，林崗甚至轉益多師，嘗試用敘事學理論來提煉革命文學中的角色系列與角色之間的關係，並抽象或提煉出革命文學的敘事「套路」。

反觀馬克思主義的歷時性敘述，林崗看到歷史進步主義面臨的挑戰和困境，他在研究中尋求一種統一、整體、綜合的思維方式，有意識將連續性的時間觀念和共時性的空間概念一併納入自己的思維習慣當中，其中有效的手段就是「比較」。「我認為，比較的意義在於通過對相似或相異的對象的分析接近人類共通的基本命題。這些基本命題可以演繹為不同的民族文化形態，我們的任務並非評價這些不同形態孰優孰劣，而是分析人類基本命題如何演繹為不同的形態。」〔註 20〕比如私情與性愛，有「人」便有私情與性愛，但在不同的時代、不同的思想觀念和意識形態的引導下，它們在文學作品中的表現形態有天淵之別。在革命文學的三個階段，私情、性愛經歷著「大量被書寫——掩飾、迴避——不再被書寫」的命運，因為它們必須為革命意識形態服務，因此不管是它們處在哪一個階段，反映的都不是人物主體的真實情感，而是革命的需要。〔註 21〕

在「五四」新思潮走過一百年之後的 2016 年，林崗撰文重新梳理新思潮當年如何處理「古代」與「近代」之關係。在論文《論「抉心自食」——寫於新思潮百年之際》，林崗提煉出「逆接」模式，具體到文化意義上則具有「自

〔註 20〕林崗：《關於比較文學學科性質的若干思考》，深圳大學中國文化與傳播系主編：《文化與傳播》（第四輯），海天出版社 1996 年版，第 26 頁。
〔註 21〕林崗：《私情與革命文學》，《邊緣解讀》，天地圖書有限公司 1998 年版，第 239 頁。

噬」性質，這種文化自噬來自理性主體的選擇。林崗認為，魯迅能夠運用文學修辭將時代的複雜性通過個人同樣複雜的內心世界毫不走樣地表現出來，體現文化自噬的典型文本是《野草》中的《墓碣文》。「自噬」是林崗的提煉，魯迅的表述則是更加具有個人思辨色彩的「抉心自食」。具體到《墓碣文》的文本分析上，墓碣刻辭的陽文第一句是：「於浩歌狂熱之際中寒；於天上看見深淵。於一切眼中看見無所有；於無所希望中得救」，這句毫無邏輯充滿悖反詞義的排比句，讓後代研究者重新感受到了「五四」當年「新」與「舊」的糾纏與衝突，林崗對「五四」新文化勇敢「自噬」的分析令人擊節：

> 新思潮的核心觀念是進化，而進化所駛向的「天上」離「深淵」並不遙遠，可惜唯獨深刻如魯迅者才感受得到。「一切眼」都嚮往進步，嚮往新異，嚮往「黃金世界」，但是進步所達之地卻是「無所有」。中國如「鐵屋子」，新思潮的一切努力、奮鬥，乃如「鐵屋子」的「吶喊」，本來「無所希望」，但這個「無所希望」的窮途掙扎，卻使中國獲得的是「得救」。〔註 22〕

林崗認為，魯迅通過「解剖」自己，清晰地透視出新思潮運動的悖論——「以其奮勇無情之氣象，摧枯拉朽，自我清算，既掃蕩廓清而又自傷自殘」。正是這樣的事實顯示，傳統的演變和改造並不是「送舊迎新」那麼簡單，新舊對峙不是一個客觀現象，而是社會危機和民族災難催生的思想和價值觀分裂的結果。因此，今天我們不能再用「歷史的必然性」來說明它產生的合理性。〔註 23〕林崗感歎，自己百年之後才獲得的感悟，魯迅身處其中卻能體會得如此深廣；但歷史合適的「距離」，卻賦予後代研究者不斷對歷史和生活產生新的認識，此時的林崗，早已不是 1988 年在《我國近現代批判理性的成長》寫下「現代文化的饋贈恰好就是對古代傳統文化的清理、反省和批判，從對自身的不滿與檢視中產生思想文化的突破。除非不談論五四，只要一談論五四就要和批判傳統聯繫起來」那位年輕人。他在新思潮百年之際，批評「五四」先驅將外來文化與勢力強勢擴張之一時有效性當成普世原則來接受，這種面對既往歷史與文化的虛無主義態度，失卻了民族的本心，對傳統缺乏「溫情與敬

〔註 22〕林崗：《論「抉心自食」——寫於新思潮百年之際》，《北京大學學報》（哲學社會科學版）2016 年第 3 期。

〔註 23〕林崗：《論「抉心自食」——寫於新思潮百年之際》，《北京大學學報》（哲學社會科學版）2016 年第 3 期。

意」。〔註 24〕但是，我們作為後人不能時過境遷，將他們努力從文化中開新未來的努力棄諸腦後，因為「沒有當年的『過激』，就沒有中國日後的未來」，林崗在《五四新思潮 100 年隨想》中進一步寫道：

> 我們不僅應當對古代歷史與文化秉持「溫情與敬意」，而且也應當對中國現代歷史與文化抱持「溫情與敬意」。我們所抱持的「溫情與敬意」既是理解古代傳統文化的前提，也是理解中國現代文化的前提。〔註 25〕

「傳統」與「現代」經過百年的演變，不再像當年那樣劇烈對峙，隨著時間的推移，「現代」慢慢也建立起自己的傳統，林崗反對「傳統文化」與「現代文化」對於國家生活中「本位地位」的追求，在他看來，真正具有這種「權利」的，「只能是國民對國家深摯的情感和認同」〔註 26〕。而這，也正如古人所說的，「有容乃大」。

結語

「有容乃大」的前面一句是「受益惟謙」，我想，林崗老師是一直記住它們的。林崗老師不止一次與學生談到他們這代人的經歷，也就是工業革命之後，特別是進入信息社會，人不用一生的時間就可以經驗到意想不到的技術和社會變遷；正如他在論文中所寫：「就筆者所歷而言，童年和青年時代的家園，與青山相連黃澄澄的稻浪、綠油油的禾田、清澈見底的溪流、甘甜的井水，而今統統消逝無蹤。那個與自然融為一體的家園如今已被街道、工廠、高樓所替代；日出而作，日落而息的生活，已被按小時甚至分鐘安排的城市生活所取代」〔註 27〕。美麗的風景描寫來自他切身體驗，因此與他寫下當年坐火車沿濱州鐵路橫穿大興安嶺山脈的場景一樣令人印象深刻。〔註 28〕現實的變化或許會消磨年輕的激情，但是對歷史的探究、對當代的理解、與對可能未來的展望，使得人生總是充滿好奇與探索的動力，精神之體驗永遠不會走到盡頭。

〔註 24〕林崗：《論「抉心自食」——寫於新思潮百年之際》，《北京大學學報》（哲學社會科學版）2016 年第 3 期。

〔註 25〕林崗：《五四新思潮 100 年隨想》，《粵海風》2016 年第 3 期。

〔註 26〕林崗：《五四新思潮 100 年隨想》，《粵海風》2016 年第 3 期。

〔註 27〕林崗：《〈三體〉、科幻及武俠》，《小說評論》2016 年第 5 期。

〔註 28〕林崗：《地域傳統與自然的啟示——讀〈額爾古納河右岸〉》，《小說評論》2016 年第 6 期。

走筆至此，我想起林崗老師在其父親去世之後寫的回憶散文，在結尾處他如是總結曾經在仕途走上高位的父親：「他的高大，不在於他的政績。他的所有政績，包括綠化廣東，如同歷史上無數政績的命運一樣——『風流總被雨打風吹去』。他的高大，在於他青年的時候，能夠出發，追求理想；而在壯年磨礪之後有所感悟，能夠返璞歸真」。〔註 29〕林崗老師同樣不看重自己的「成績」，對於今天所獲得的一切，他心存感激，但平淡視之，他喜歡讀書教書的生活，「不是因為它可以為人師表，被稱作教授學者，可以桃李滿園，而是能滿足好奇心的驅使，能解答生活給我的疑問」〔註 30〕。八十年代至今又是三十多年，林老師也一直在尋找自己心中的奧德賽吧。

〔註 29〕林崗：《父親的奧德賽》，《花城》2013 年第 4 期，第 197 頁。

〔註 30〕林崗：《學問初途——記八十年代往事》，原載中大中文系學生所辦刊物《在水一方》。

下編　思維形態

伍、跨界者

「千年文脈」視野中的「現代文學」——陳平原學術關懷與研究方法述略

李浴洋*

探討晚近三十餘年的中國現代文學學科史及其可能性，陳平原是繞不過去的關鍵人物：從 1985 年參與提出「二十世紀中國文學」論述，為中國現代文學學科重建奠立至關重要的學術基石；到此後數年在小說史研究領域深耕細作，完成《中國小說敘事模式的轉變》與《二十世紀中國小說史（第一卷·1897～1916）》等著作，重繪了中國現代小說的起點；再到 1990 年代以降轉向學術史研究，先後貢獻出《中國現代學術之建立》《作為學科的文學史》與《現代中國的述學文體》三部巨製，不但重寫了現代中國學術史，並且也深度介入了當代人文學術的展開進程；至於從北京大學百年校慶之際出發的教育史研究，則更是揭櫫了影響中國文學、學術、思想與社會現代轉型的一大根本因素，同時直指當下教育變革的潛力與限度；而從「觸摸歷史」到「思想操練」的對話「五四」之旅，具有發凡起例之功的晚清畫報研究，以及以「都市想像與文化記憶」為支點重構「中國文學史有待彰顯的另一面相」的積極嘗試，也無不成為了世紀之交以來現代中國研究中可圈可點的實績。出身中國現代文學專業的他，在其迄今已愈三十餘年的學術生涯中上下求索，在學術史、教育史、古典文學與當代文化等諸多領域中都取得了豐碩成果，以開闊的視野與思路推動了「重建『中國現代文學』」的理論與實踐。〔註 1〕

---

* 李浴洋，北京大學文學博士，北京師範大學文學院講師，主要從事中國現當代文學研究。

〔註 1〕「重建『中國現代文學』」是陳平原自覺的學術追求。與 1980 年代的「重寫文學史」潮流不同，陳平原提出「重建」目標「不是關於具體作家作品的重新評

早在 1990 年代中期，樊駿先生就已在其名文《我們的學科：已經不再年輕，正在走向成熟》中將陳平原作為「具有較為完備的學識結構的新型學者」的代表加以論述。在他看來，「陳平原在古代文學史、學術史、文化史方面，都有廣博的知識修養」，「即使探討的是現代作家、現代學者，行文立論都注意旁徵博引，重在追本溯源，以大量史實把問題梳理得清清楚楚，進而把道理闡釋得頭頭是道」，「任何材料都似信手拈來，每有立論總能水到渠成，顯示出深厚的學識根底」。〔註 2〕樊駿此語，不僅精確概括了陳平原的治學特點，更為重要的是，他是在「我們的學科」的歷史脈絡中認識陳平原的出現所具有的意義與價值的。

樊駿坦言，「中國現代文學研究是門範圍很小的二級學科」。在很長一段時期中，「封閉的學術思想與教學體制，分割得十分瑣碎乃至於絕對化了的專業分工與課程設置，更把許多人的視野與學識限制在狹窄的天地裏」。但這一學科的研究對象——「中國現代文學」，卻是「一種處於急遽變革中的文學」，「它的發生成長始終與中國傳統文學（文化）和外來文學（文化）存在著密切的內在聯繫」。於是也就造成了「原來那樣的理解與分工，有悖於客觀的歷史事實，對學科建設必然帶來極大的限制」的局面。〔註 3〕王瑤與唐弢等中國現代文學學科的奠基人都曾在 1980 年代指出這一問題。〔註 4〕而陳平原尤其令樊駿欣賞的地方，正在於他「完備的學識結構」、「廣博的知識修養」與「深厚的學識根底」。樊駿認為：「以這樣的知識結構研究現代文學課題，必然會提高這門學科的學術水平，因而同樣應該充分估計這對整個學科建設的多方面的深遠影響。無論對學者個人還是學科總體，這都是走向成熟、孕育著更大發展的重要

價，而是對這一學科（包括教學方式以及著述體例）的功能、地位以及發展前景的整體思考」。參見陳平原：《重建「中國現代文學」——在學科建制與民間視野之間》，《作為學科的文學史：文學教育的方法、途徑及境界（增訂本）》，北京大學出版社 2016 年版，第 506～521 頁。

〔註 2〕樊駿：《我們的學科：已經不再年輕，正在走向成熟》，《中國現代文學論集》上卷，人民文學出版社 2006 年版，第 498 頁。

〔註 3〕樊駿：《我們的學科：已經不再年輕，正在走向成熟》，《中國現代文學論集》上卷，第 496～497 頁。

〔註 4〕參見王瑤：《研究問題要有歷史感——在〈文藝報〉座談會上的發言》，《潤華集》，北京：中國社會科學出版社 1992 年版，第 15～19 頁；唐弢：《藝術風格與文學流派》，《西方影響與民族風格》，人民文學出版社 1989 年版，第 146～159 頁。

標誌。」〔註5〕

是故，階段性地回顧與總結陳平原的學者生涯，特別是考察其獨到的學術關懷與研究方法，不但旨在揭示其成就的學術史意義，還希望接續樊駿先生的志業，清理一代學人在學科史上的認識價值，進而繼續思考「中國現代文學研究的方向」這一大哉問。〔註6〕而「學人」與「學科」也恰是陳平原眼中的當代學術史研究的兩大可行路徑。〔註7〕

在陳平原一代「新型學者」中，有擅長以西學修養突入思想史研究的核心營壘者，有精於傳統辭章而在士人心態或者古典詩學抉發中獨樹一幟者，而陳平原的治學個性更多體現為「古典趣味」與「現代意識」的相互滋養與涵育。他以「現代文學」為專業，但不時思接千載；他不斷跨越學科邊界，但又始終抱有對於「現代中國」的關懷。用他自己的話說，便是「雖四處遊走，最用力且較有心得的，依舊還是文學史研究」，「而且還是『中國現代文學』」。〔註8〕在「千年文脈」的視野中重新發現「現代文學」，是陳平原重要的學術貢獻。而文體、制度與精神三者的彼此辯證，則是其主要的研究方法。

一、古典趣味與現代意識

言及陳平原治學遊走於「古典」與「現代」之間，令人不難想起其博士導師王瑤先生。王瑤早年以中古文學研究名世，日後又成為中國現代文學研究的旗幟。在陳平原看來，縱橫「古代與現代」正是「先生一生的學術追求及長處所在」。〔註9〕而在王瑤一輩學人中，陳平原格外心儀的還有任訪秋、金克木、程千帆與王元化等諸家，他們無論具體立身於哪一專業，也都是古今貫通之人。

〔註 5〕樊駿：《我們的學科：已經不再年輕，正在走向成熟》，《中國現代文學論集》上卷，第 500 頁。

〔註 6〕不僅高度關注學科發展的樊駿先生對於「中國現代文學研究的方向」問題念茲在茲，陳平原也就此發表過專論。參見陳平原、王德威、藤井省三：《中國現代文學研究的方向》，《學術月刊》2014 年第 8 期。樊、陳二位先生的思考顯示了他們的自我定位，也啟示我們循此踵事增華。

〔註 7〕參見陳平原：《「當代學術」能否成「史」》，《學術隨感錄》，河南大學出版社 2006 年版，第 37～40 頁。

〔註 8〕陳平原：《小引》，《千年文脈的接續與轉化》，三聯書店（香港）有限公司 2008 年版，第 1～2 頁。

〔註 9〕陳平原：《念王瑤先生》，《當年遊俠人：現代中國的文人與學者（增訂版）》，生活・讀書・新知三聯書店 2020 年版，第 351 頁。

其實早在中山大學讀書時，陳平原即已形成跨越近代與現代的知識視野與文學感覺。〔註10〕到北大求學，他的這一治學風格得到更進一步發揮。之所以強調陳平原的師承背景，是想要勾勒出學術史上的一條潛在線索。這也是陳平原以其學術史家的敏感做出的提示。他認為，包括自己在內的1980年代登上學術舞臺的一批學者，在問學譜系中實則是「隔代遺傳」的。也就是說，他們「借助於七八十歲的老先生，跳過了五六十年代，直接繼承了三十年代的學術傳統」，而當時「每所大學裏，都有一批老先生，在學術上起薪火相傳的作用」。〔註11〕北大之王瑤與中大之吳宏聰（陳的碩士導師）等，在1980年代的校園與學界中便是這般「路標」式的存在。〔註12〕落實到陳平原這裡，不僅表現為他對於王瑤諸人學術的「傳薪」，〔註13〕更體現在他借助考證「師長」與「師長的師長」（朱自清、聞一多、楊振聲等）之間的思想連結，〔註14〕建立起了自己與「五四」一代學人之間內在的精神關聯。但這絕非「託大」之辭，而是他以高度的使命感與責任心對於某種一度隱而不彰的學脈的自覺承擔。

「考古但不囿於古，釋今而不惑於今，著力在博古通今上做文章」，這是陳平原對於「五四」一代學人的認識。〔註15〕具體到中國文學研究而言，王瑤指出朱自清的「古典文學研究確實具有某種『現代感』」。〔註16〕而朱自清在浸

〔註10〕中大六年（1978～1984），在學術上影響陳平原較大的學者包括吳宏聰、黃海章、陳則光與饒鴻競等。其中，吳、饒二位在現代文學研究領域多有建樹，黃海章則是古典文學批評史專家，陳則光以其《中國近代文學史》作為名山事業。參見陳平原：《花開花落渾閒事——懷念黃海章先生》，《懷想中大》，花城出版社2014年版，第127～141頁；《此聲真合靜中聽——懷念陳則光先生》，《懷想中大》，第158～169頁。

〔註11〕查建英：《八十年代：訪談錄》，生活·讀書·新知三聯書店2006年版，第146頁。

〔註12〕「路標」語出陳平原對於1980年代王瑤的學術史意義的概括。參見陳平原：《八十年代的王瑤先生》《大學新語》，北京大學出版社2016年版，第274～297頁。

〔註13〕陳平原對於王瑤的學術承傳，是論者樂道的話題。參見夏中義：《清華薪火的百年明滅——謁王瑤書》，《九謁先哲書》，上海：上海文化出版社2000年版，第406～410頁；劉克敵：《沿著魯迅的道路——對王瑤與陳平原之學術研究的不完全考察》，《海南師範大學學報（社會科學版）》2015年第10期。

〔註14〕參見陳平原：《六位師長和一所大學——我所知道的西南聯大》，《抗戰烽火中的中國大學》，北京大學出版社2015年版，第237～267頁。

〔註15〕陳平原：《念王瑤先生》，《當年遊俠人：現代中國的文人與學者（增訂版）》，第353頁。

〔註16〕李少雍：《朱自清古典文學研究述略》，王瑤主編：《中國文學研究現代化進程》，北京大學出版社1998年版，第346頁。

淫古典詩文的同時，還是兼治「新文學」的文學史家與批評家，他關於現代文學的論述充滿了一種別樣的歷史感。〔註17〕「古典」與「現代」的交相輝映，乃是「五四」一代學人重要的學術經驗。陳平原曾經概括師從朱自清的王瑤的學術眼光：「以現代觀念詮釋古典詩文，故顯得『新』；以古典修養評論現代文學，故顯得『厚』。求新而不流於矜奇，求厚而不流於迂闊，這點很不容易。」〔註18〕當然，這並非某一師門的專長，在「五四」到「三十年代」的學人中，其實是相當普遍的學術追求。陳平原就特別表彰過與王瑤同輩的古典文學專家程千帆先生作為「古典學者」的「當代意識」。〔註19〕

對於王瑤與程千帆的學術氣象的把握，既是陳平原對於現代中國學術史上某種傳統的理解，無疑也是他步武前賢的理想方向。陳平原的治學路徑，在這點上可謂淵源有自。而這一傳統在很長一段時期中相對邊緣，甚至幾乎被隱去，則與中國學術在「五四」前後迅速與全面地進入專業化時代有關。正如錢穆所說：「民國以來，中國學術界分門別類，務為專家，與中國傳統通人通儒治學大相違異。」〔註20〕在《中國現代學術之建立》中，陳平原以胡適為例，專門討論過「專家與通人」這一傳統命題的現代命運。〔註21〕其間蘊含的張力，在具體情境中通常聚焦於專業學者如何面對學科邊界的問題。

作為學術史家，陳平原自是十分明白專業化的大勢所趨及其歷史合理性，但由於深切領會了「五四」到「三十年代」學人的目光如炬，所以他在評述前人的選擇時，採取了「學科的建設固然值得誇耀，對於學科邊界的超越，同樣值得欣賞」的態度。〔註22〕著史當需謹慎、公允，至於個人的學術姿態，陳平原顯然更願置身後者之林。在他看來，「談『學問』而過分看重『學科』與『邊界』，這可不是好現象」，因為「學者一旦『進入狀態』，問題意識、論述對象、

〔註17〕參見王瑤：《念朱自清先生》，《中國現代文學史論集（重排本）》，北京大學出版社1998年版，第325～330頁。

〔註18〕陳平原：《念王瑤先生》，《當年遊俠人：現代中國的文人與學者（增訂版）》，第351頁。

〔註19〕參見陳平原：《古典學者的當代意識——追憶程千帆先生》，《當年遊俠人：現代中國的文人與學者（增訂版）》，第337～345頁。

〔註20〕錢穆：《序》，《現代中國學術論衡》，生活·讀書·新知三聯書店2005年版，第1頁。

〔註21〕參見陳平原：《專家與通人》，《中國現代學術之建立：以章太炎、胡適之為中心》，北京大學出版社2010年版，第131～155頁。

〔註22〕陳平原：《導言：西學東漸與舊學新知》，《中國現代學術之建立：以章太炎、胡適之為中心》，第15頁。

思想方法、文章趣味等交相輝映，左衝右突，『行於所當行，止於所不可不止』，這才是理想的學問境界」。〔註23〕其「古典趣味」與「現代意識」的互相生發，即是這一學術觀念的自然流露。

博士論文《中國小說敘事模式的轉變》甫一問世，即大獲好評，〔註24〕被譽為「火山遺跡的勘察者」，〔註25〕從而一舉確立了陳平原的學術地位。而《二十世紀中國小說史（第一卷・1897～1916）》緊隨其後，一樣備受學界矚目，〔註26〕不僅堪稱「二十世紀中國文學」理念最為成功的學術實踐，而且改變了中國現代文學研究的版圖。陳平原的這兩部著作在學科建制的層面上將「清末民初文學」引入「現代文學」，自此「晚清」作為現代文學研究的一個重要組成部分的身份得到了確認。由是悄然發生變化的不但有現代文學學科的邊界與價值尺度，更聯動了學界看待「現代文學」與「古典文學」關係問題的眼光，進而為找到更為恰當的談論「現代文學」的方式提供了關鍵的學術支撐。除去阿英「導夫先路」的遠緣，〔註27〕海外漢學新鮮刺激的外因，〔註28〕「晚清」在晚近三十餘年的中國文學研究史上迅速崛起，實與陳平原的率先垂範直接相關。

「與晚清結緣」作為陳平原重要的學術思路，從他的小說史研究出發，旁及其涉獵的學術史、思想史、教育史，乃至圖像、聲音、文化記憶等多個領域。他圍繞「晚清」取得的學術成就已然蔚為大觀。經過時間的淘洗與檢驗，《中國小說敘述模式的轉變》更被奉為經典。〔註29〕而「從晚清說起」，也成為了他帶給當代人文學術一大重要的認識論與方法論資源。〔註30〕對此，學界多有

〔註23〕陳平原：《小引》，《千年文脈的接續與轉化》，第1頁。

〔註24〕參見《〈中國小說敘事模式的轉變〉書評摘錄》，陳平原：《中國小說敘事模式的轉變》，北京大學出版社2003年版，第311～327頁。

〔註25〕王飆：《火山遺跡的勘察者——讀〈中國小說敘事模式的轉變〉》，《文學評論》1989年第6期。

〔註26〕參見《〈二十世紀中國小說史〉討論紀要》，陳平原：《小說史：理論與實踐》，北京大學出版社1993年版，第250～260頁。

〔註27〕參見陳平原：《社會概觀與小說藝術——關於〈晚清小說史〉及其他》，《文藝爭鳴》2020年第6期。

〔註28〕參見陳平原：《瓦格納：為學術的一生》，《文匯學人》2020年3月13日。

〔註29〕2017年12月，《中國小說敘事模式的轉變》榮獲在學界聲譽甚高的「思勉原創獎」。這是首部正式獲得該獎的中國現代文學研究著作。（此前，范伯群先生的《中國現代通俗文學史》曾獲提名獎）

〔註30〕參見賀桂梅：《「從晚清說起」——讀解陳平原的學術史研究》，《思想中國：批判的當代視野》，廣東人民出版社2014年版，第253～261頁。

定論，無需贅言。

陳平原的「古典趣味」與「現代意識」的交融，其晚清研究當屬最佳證明。但其實他走得還要更遠，早在1990年代便已由發現晚清上溯至對於明清文學，甚至整個中國文學史的重新探討。他在這一方面的成績，集中表現在《千古文人俠客夢：武俠小說類型研究》《中國散文小說史》與《從文人之文到學者之文》三書的撰寫與《中國散文選》的編纂中。〔註31〕

《千古文人俠客夢》等皆可謂「成一家之言」之作。無論是他對於文學類型的研究，對於文本形態的分析，還是對於貫通古今的文學主題的勾稽，對於壓在紙背的士人心態及其古今流變的考掘，都不乏精彩之處，不僅能予現代文學研究者以視野與方法啟迪，而且也得到了其跨界所至學科的肯定。程千帆就對於陳平原「相當欣賞」。〔註32〕據其弟子回憶，程先生是把陳平原與專門從事古典文學研究的葛曉音、陳尚君並置的，他們三位當年均係「受到千帆先生重視的青年學者」。〔註33〕精通古史與兵法的李零對於《千古文人俠客夢》曾有過十分中肯的解讀，〔註34〕陳平原以為「深得我心」。〔註35〕而《中國散文小說史》中的若干章節，還曾在古典文學專業門檻頗高的刊物《文學遺產》上發表。〔註36〕凡此殊為不易。當代學界嘗試「跨界」者不少，但在專業分工日

〔註31〕除此以外，陳平原撰寫與編纂的古典文學著作還包括《看圖說書：中國小說繡像閱讀札記》（生活．讀書．新知三聯書店2003年版）、《中國現代學術經典．章太炎卷》（河北教育出版社1996年版）、《中國現代學術經典．胡適卷》（河北教育出版社1996年版）、《中國現代學術經典．魯迅、吳宓、吳梅、陳師曾卷》（河北教育出版社1996年版，負責魯迅部分）、魯迅《（名著圖典）中國小說史略》（浙江文藝出版社2000年版）、章太炎《國故論衡》（上海古籍出版社2003年版，負責點校、導讀）與《早期北大文學史講義三種》（北京大學出版社2005年版）等。其以晚清文學作為主要對象的著作，均未列入。

〔註32〕陳平原：《古典學者的當代意識——追憶程千帆先生》，《當年遊俠人：現代中國的文人與學者（增訂版）》，第338頁。

〔註33〕張伯偉：《南京大學檔案館藏〈程千帆友朋詩翰輯存〉題記》，《南京大學學報（哲學人文科學社會科學版）》1997年第1期。

〔註34〕參見李零：《俠與武士遺風》，《讀書》1993年第1期。

〔註35〕陳平原：《我與武俠小說研究——新世界出版社「典藏版」後記》，《千古文人俠客夢：武俠小說類型研究（增訂本）》，北京大學出版社2018年版，第297頁。

〔註36〕陳平原：《從言辭到文章　從直書到敘事——秦漢散文論稿之一》，《文學遺產》1996年第4期；《百家爭鳴與諸子遺風——秦漢散文論稿之二》，《文學遺產》1997年第5期。這兩篇文章收入《中國散文小說史》時，即全書第二章《史傳之文與諸子之文》。參見陳平原：《中國散文小說史》，上海人民出版社2004年版，第19～52頁。

益細密的當下，既能弗失自家治學本色，又能於跨進之地收穫掌聲與會心微笑的，其實寥寥。陳平原則必居其一。

更為難得的是，陳平原的古典文學研究不只追求做「到」、做「像」，還希望能與前輩及同行展開對話，做出自己的學術面貌。換句話說，他期待達致的，原本就不止於「博學」與「通識」，更有自立新說。一如其在編纂《中國散文選》時所言，面對浩瀚如海的古典散文與琳琅滿目的歷代文論，「除非你願意因循守舊，那倒是『易如反掌』」，「若想出奇制勝，則絕非易事，真的是『遍地陷阱』」。陳平原自然不願「因循守舊」，所以他特別強調其研究與編纂「忠實於自家眼光」，而且表示「這麼一來，對『操選政者』的學識、眼光與趣味，當有更為嚴苛的要求」。儘管謙稱「能否入方家法眼」，「我實在沒把握」，〔註 37〕但其間透露的「出奇制勝」的抱負，實則相當篤定。

站在現代文學學科的立場上，不難欣賞陳平原的「古典趣味」及其力學深思，但與此同時，更應分辨的無疑還有其「現代意識」。後者才更是他在貫通古今時得以超拔時儕的關鍵。陳平原在 1990 年代初期投身武俠小說研究，其中固有心情寄託，但更多還是基於學術判斷做出的選擇。如其所說，研究武俠小說在是時「還不時興」，而他千里走單騎，「絕不僅僅是出悶氣或故作驚人之舉」，因為「這事情遲早要做，只不過因外在環境的變化而提前罷了」。〔註 38〕參照其數年之後撰寫的《「通俗小說」在中國》一文，便可知他何以認定「這事情遲早要做」。「通俗文學」的崛起以及「雅俗對峙」格局的形成，是理解現代中國文學史與學術史的主脈之一。作為小說史家，陳平原深感這正是自家學術的「題中之義」。而進入 1990 年代以來，「面對當今世界的世俗化潮流，面對盡領風騷的『通俗文學』，面對諸如金庸小說進入大學講堂和文學史著這樣不大不小的難題，乃世紀末中國學者所必須承受的命運」。〔註 39〕瞭解了《千古文人俠客夢》背後的這一學術考量，也就可以明白此書何以既能「暢銷」，又能「長銷」。因其並非只是一部與特定歷史情境糾纏的「應時」之作，更在

〔註 37〕陳平原：《後記》，《中國散文選》，百花文藝出版社 2000 年版，第 971～972 頁。

〔註 38〕陳平原：《我與武俠小說》，《千古文人俠客夢：武俠小說類型研究（增訂本）》，第 6 頁。

〔註 39〕參見陳平原：《「通俗小說」在中國》，《假如沒有「文學史」……》，生活·讀書·新知三聯書店 2011 年版，第 241～258 頁。在 1980 年代後期撰寫的《通俗小說的三次崛起》一文中，陳平原即已觸及這一話題。參見陳平原：《小說史：理論與實踐》，第 239～242 頁。

學術史上具有「預流」品質。

對於百年「小說史學」的清理與反思，是陳平原的拿手好戲。〔註 40〕其武俠小說研究與《中國散文小說史》中小說部分的撰寫，都直接得力於此。更不必說其聲名更盛的晚清小說研究了。而如何面對「古典散文」，也是現代文學史與學術史上的一大挑戰。〔註 41〕陳平原對此同樣別有心得。《中國散文小說史》中的散文部分，即是他的回應。《從文人之文到學者之文：明清散文研究》更是其以「現代意識」穿透「古典趣味」，並且通過兩者的互相校正形成更為通達的文學史觀的代表。陳平原嘗言此書原擬以「明清散文十八家」為題，所針對的乃是陳獨秀的「十八妖魔」之說。在「現代文學」的振領提綱之作《文學革命論》中，陳獨秀呼籲向有明一代前後七子及清代文壇上的歸、方、劉、姚四家「宣戰」。〔註 42〕陳平原表示，出身現代文學專業的他「對這『十八妖魔』說的來龍去脈及其利弊得失，自是了然於心」，而重探明清散文的究竟，「也算是為五四新文化運動『打掃戰場』，呈現當初情急之餘，被當作髒水潑掉的『明清之文』的另一側面」。〔註 43〕當然，與陳獨秀對話，只是陳平原的「話頭」，一旦進入具體研究，其旨歸便絕不限於「打掃戰場」。他從修正「五四」一代學人勾畫的藍圖與航向入手，落腳在更趨穩健而又別具隻眼的對於明清散文史的「重寫」實踐上，其作為文學史家的體貼與超越在該書中結合得恰到好處。

借用馮友蘭的名言，陳平原的研究不是「照著講」式的，而是意欲「接著講」。〔註 44〕「古典趣味」使他知道即便研究的是「現代文學」，也不能一切只從「五四」說起；而「現代意識」則讓他明白，面對古典世界，甚或更需一份歷史眼光與時代關懷。「古典趣味」與「現代意識」在陳平原手中最為出色的融合，是他對於「千年文脈」在從傳統到現代的轉型進程中的「常」與「變」

〔註 40〕參見陳平原的《小說史學的形成與新變》(《作為學科的文學史：文學教育的方法、途徑及境界(增訂本)》，第 404～427 頁)等文、《假如沒有「文學史」……》中的「另一種『小說史』」一輯（第 199～237 頁），及其正在撰寫的「小說史學面面觀」系列文章（《文藝爭鳴》2020 年第 4 期開始連載）。

〔註 41〕參見陳平原：《古典散文的現代闡釋》，《作為學科的文學史：文學教育的方法、途徑及境界（增訂本）》，第 428～445 頁。

〔註 42〕陳獨秀：《文學革命論》，《新青年》第二卷第六號（1917 年 2 月）。

〔註 43〕陳平原：《後記》，《從文人之文到學者之文：明清散文研究》，生活·讀書·新知三聯書店 2004 年版，第 265 頁。

〔註 44〕參見馮友蘭：《新理學·緒論》，《三松堂全集（第三版·第五卷）·貞元六書》上卷，中華書局 2014 年版，第 11 頁。

的系統清理。而與他以古典文學為主要對象的著作相比，這一部分工作才更是他的學術生涯中的重心所在。

二、「千年文脈」的「常」與「變」

陳平原的所有古典文學研究著作幾乎都有一個顯著特徵，即以古今流變作為核心線索，納入現代文學的相關部分，與古典文脈相互參照。《千古文人俠客夢》從司馬遷的《史記．遊俠列傳》一路寫到金庸等人的新派武俠小說。在論述這一文類的演進脈絡時，陳平原將「20 世紀武俠小說」與「唐宋豪俠小說」、「清代俠義小說」鼎立三足，並峙綜觀。而更能說明其「古今齊觀」的學術關懷的，〔註 45〕則還有《中國散文小說史》的框架設計。此書原是《中國文化通志．藝文志》中的一卷（《散文小說志》），後又成為「專題史系列叢書」中的一種。兩者都規定把話題截至辛亥革命，但陳平原「要求延伸到 1940 年代末」，「目的是讓古今之間『血脈貫通』」。〔註 46〕這一構想實現出來，雖然僅是增加了《從白話到美文》與《中國小說之轉型》兩章，陳平原也自陳「二十世紀中國文學並非本書描述的重心」，可之所以堅持如此，是為了體現其學術追求。具體而言，也就是「力圖貫通古今」，此中「涉及對二十世紀中國文學進程的理解，即強調在『從古典到現代』的文學變革中，傳統依舊以某種形式發揮積極作用」，「不管是借『活著的傳統』溝通古今，還是以『傳統的轉化』體現發展，關於中國散文與中國小說的歷史敘述，都不應該終止於晚清」。〔註 47〕對於「古典」與「現代」一以貫之而非分而治之，正是陳平原與絕大多數中國文學研究者（不管現代、古典）不同的地方。

在「二十世紀中國文學進程」中，「傳統依舊以某種形式發揮積極作用」，這是陳平原治史的大判斷。「千年文脈的接續與轉化」命題的提出，便最大程度地承載了他的這一思考。而其拈出的「千年文脈」概念，至少具有四重意涵。

一是考察任何一種文學現象（無論作家作品、流派社團，還是思潮運動、媒介形態），都應取一種「長時段」的視野。「千年」雖非確指，卻意味著對於諸種畫地為牢的理論模型與認識界限的自覺反思，追求起碼在「三五百年」的

〔註 45〕參見陳平原：《「今古」何以「齊觀」》，《依舊相信》，江蘇鳳凰文藝出版社 2019 年版，第 21～24 頁。

〔註 46〕陳平原：《生命中必須承受的「重」——〈中國散文小說史〉新版後記》，《中國散文小說史》，第 395 頁。

〔註 47〕陳平原：《緒論：中國散文與中國小說》，《中國散文小說史》，第 15 頁。

範圍內評述問題。就「現代文學」研究來說，不能輕易「截斷眾流」，而必須將之放回到「中國文學」的整體格局中，「顧及全篇」。〔註 48〕

二是把對於歷史「連續性」的考辨作為重要的研究目標，亦即陳平原所言，「承認經由晚清『文學改良』與五四『文學革命』的努力，現代文學與古典文學之間存在巨大縫隙，同時，關注那深層的歷史聯繫」，「也就是說，談論『傳統』與『現代』，兼及表層的斷裂與深層的繼承，在『斷裂性』與『連續性』之間，主要著力於後者」。〔註 49〕值得一提的是，在陳平原這裡，強調「連續性」不是一種先在立場（比如文化保守主義），而是一種學術眼光。對於「五四」造就的「斷裂性」的意義，他同樣抱有深沉理解。〔註 50〕「常」與「變」乃是中國文學現代轉型的一體兩面，陳平原對於「連續性」的發凡同時兼及「常中之變」與「變中之常」。

三是既然在具體研究中更為著重「連續性」的呈現，那麼對於中國文學現代轉型的歷史與理論動因的闡釋，也就在「西學東漸」之外，還關注「舊學新知」的一面。毫無疑問，「西學東漸」之於「千年文脈」從傳統到現代的移步換形，具有至為關鍵的觸發與推進作用，但「傳統」本身在「現代」如何調適、承接、延續，以至完成轉化、走向新生，也需要認真勾陳。把「舊學新知」提到與「西學東漸」等量齊觀的地位，自然就將論述焦點從「西學」轉向了「中國文學」。

這便是「千年文脈」概念的第四重意涵。陳平原憑藉對於古典資源的激活，重新定義了「文學」。在他看來，所謂「文學」，「兼及古今，包孕文史乃至教育」。因此他的研究「偶而涉足學術史、教育史或文化史」，在思考「『中國文學』的特色、境遇及前景」方面「不但不會妨礙」，「還可能促進」。〔註 51〕而「兼及古今，包孕文史乃至教育」的「文學」，此即「文脈」之「文」。這是「千年文脈」視野帶來的一種新的（實為「舊的」）認識範式。儘管就二十世紀中國文學來說，在很大程度上是一個西方「文學」觀念逐漸定於一尊的過程。但陳平原重建傳統的「文」的概念的努力，無疑為更加全面與立體地把握

〔註 48〕「顧及全篇」是魯迅對於時人論學的提醒。參見魯迅：《「題未定」草（七）》，《魯迅全集》第六卷，人民文學出版社 2005 年版，第 444 頁。

〔註 49〕陳平原：《小引》，《千年文脈的接續與轉化》，第 3 頁。

〔註 50〕參見陳平原：《何為／何謂「成功」的文化斷裂——重新審讀五四新文化運動》，《作為一種思想操練的五四》，北京大學出版社 2018 年版，第 127～139 頁。

〔註 51〕陳平原：《小引》，《千年文脈的接續與轉化》，第 1 頁。

轉型時期的「中國文學」的內裏與外緣打開了諸多新的面向，對於重新釋放「中國文學」(而不僅是中國「文學」)的活力具有重要啟示。而後者也是他多次談及的，中國文學研究，尤其是「對文學史的敘述與建構」，是能夠「直接介入當下」的。〔註52〕這既是歷史經驗，也是現實關懷。

在陳平原的學術工作中，最能展現其「千年文脈的接續與轉化」學說的立意與用心的，是他對於「晚清—五四」文學轉型進程的研究，以及由此建立的「兩代人的合力」理論。如果說他的晚清研究的學術與思想價值已為學界公認的話，其並論「晚清—五四」的思路便如他個人所說，「目前在學界仍屬邊緣」。〔註53〕

自「晚清」重新「浮出歷史地表」以來，學界在過去幾十年間為「晚清」、「五四」究竟孰高孰低爭得不可開交，其間紛紜迄今未嘗消歇。一個饒有意味的現象是，大多數熱衷論辯此事者，在研究方向上或專於「晚清」，或長於「五四」，卻極少有人對於這兩個時期同時做過精深瞭解。而陳平原恰是在「晚清」與「五四」研究中皆有系統成就的一位。他的晚清研究自不必說，其《觸摸歷史與進入五四》也已成為「五四」研究的典範，《作為一種思想操練的五四》更是在當下為「五四」發聲的重要文本。〔註54〕可就是這樣一位對於這一論爭深具發言資格的學者，卻幾乎從未就此發表過議論。何以故？因為陳平原的研究已然說明「晚清」與「五四」實為一個不可分割的整體。這是他著眼於這一時段在「千年文脈」——整個中國文學、學術、思想與教育進程——中的位置與作用得出的結論。所以非要拆開來說兩者到底孰是孰非，其實意義不大。〔註55〕

〔註52〕陳平原：《新教育與新文學——從京師大學堂到北京大學》，《作為學科的文學史：文學教育的方法、途徑及境界（增訂本）》，第1頁。

〔註53〕陳平原：《序言》，《作為一種思想操練的五四》，第1頁。

〔註54〕對於自家的「五四」研究，陳平原以「從『觸摸歷史』到『思想操練』」做出過勾勒。參見陳平原：《從「觸摸歷史」到「思想操練」》，（臺灣）《中央研究院中國文哲研究所通訊》第29卷第1期（2019年3月）。

〔註55〕陳平原在研究中並論「晚清—五四」，並不是說他在現實情境中沒有自己的發言態度。他坦言「既不獨尊『五四』，也不偏愛『晚清』」，但也「正因為兼及『五四』與『晚清』」，使得他不得不「左右開弓」：「此前主要為思想史及文學史上的『晚清』爭地位；最近十年，隨著『晚清』的迅速崛起，學者頗有將『五四』漫畫化者，我的工作重點於是轉為著力闡述『五四』的精神魅力及其複雜性。」參見陳平原：《小引》，《千年文脈的接續與轉化》，第4頁。此文撰寫於2008年。

當然，或許也是由於立論不夠「激烈」，拒絕選邊站，從而無法獲得論戰某方群體音量的加持，陳平原平視「晚清」與「五四」的努力至今仍是一種「個人觀點」。他曾自謂「採取這一學術立場的」，只有「美國學者張灝以及始終生活在中國大陸的我」。〔註 56〕

思想史家張灝先生以「轉型時代」概念的發明為世所重。「所謂轉型時代，是指 1895～1925 年初前後大約 30 年的時間，這是中國思想文化由傳統過渡到現代、承先啟後的關鍵時代。在這個時代，無論是思想知識的傳播媒介或者是思想的內容，均有突破性的巨變。」〔註 57〕從 1970 年代起，張灝便在歷史學界突出重圍，開始了其圍繞「轉型時代」的思想探索。在經過三十餘年的不斷充實、修正以後，終成此說。〔註 58〕歷史學界如今已大都接受了張灝的論述，並且將「轉型時代」作為通行的專業概念確定下來。

陳平原對於「晚清」與「五四」關係問題的探討也有一個過程。但與張灝主要是在思想史中反覆檢驗與調整「轉型時代」概念的具體界定不同，陳平原的思考則跨越了不同學科。他曾在《「新文化」如何「運動」——關於「兩代人的合力」》一文中「自述學術次第」，梳理了自家「兩代人的合力」觀點的形成路徑。在《中國小說敘事模式的轉變》中，他詳盡考察了晚清「新小說家」與「五四」作家的歷史聯繫。他交代自己的研究思路是「把梁啟超、吳趼人、林紓為代表的『新小說』家和魯迅、郁達夫、葉聖陶為代表的『五四』作家放在一起論述，強調他們共同完成了中國小說敘事模式的轉變」。〔註 59〕進入學術史研究之後，他的這一思考再次得到確認。他發現是「晚清和五四兩代學人的『共謀』，開創了中國現代學術的新天地」。〔註 60〕到了《觸摸歷史與進入五四》中，陳平原更進一步重申，自己「談論五四時，格外關注『「五四」中的

〔註 56〕陳平原：《「新文化」如何「運動」——關於「兩代人的合力」》，《作為一種思想操練的五四》，第 32 頁。

〔註 57〕張灝：《中國近代思想史的轉型時代》，《時代的探索》，聯經出版事業股份有限公司 2004 年版，第 37 頁。

〔註 58〕關於張灝「轉型時代」理論的發展過程與重要影響，參見丘為君：《轉型時代——理念的形成、意義，與時間定限》，王汎森等著：《中國近代思想史的轉型時代：張灝院士七秩祝壽論文集》，聯經出版事業股份有限公司 2007 年版，第 507～530 頁。

〔註 59〕陳平原：《導言》，《中國小說敘事模式的轉變》，第 29 頁。

〔註 60〕陳平原：《導言：西學東漸與舊學新知》，《中國現代學術之建立：以章太炎、胡適之為中心》，第 6 頁。

「晚清」』；反過來，研究晚清時，則努力開掘『「晚清」中的「五四」』」。這是因為「正是這兩代人的共謀與合力，完成了中國文化從古典到現代的轉型」。〔註 61〕至此，其「兩代人的合力」論述由文學史，而學術史，再到文化史，表述完備。

一再發揮「晚清」與「五四」在「千年文脈的接續與轉化」中扮演了「合力」角色，並非無視兩者之間的差異。陳平原當然知道這兩代作家「從思想意識到具體的藝術感受方式」都有「很大差別」。〔註 62〕而與此同時，「五四那代學者，對上一代人的研究思路與具體結論，都做了較大幅度的調整」。〔註 63〕陳平原所謂「合力」，其實更多是指「接力」，其中涉及「人際關係、學術傳統、文化思潮、政治議題」等諸多層次。在「晚清」與「五四」之間，「越是進入具體領域，『承前啟後』的痕跡就越明顯」。〔註 64〕這也就無怪乎對於「晚清—五四」文學—學術—文化轉型進程的闡發，堪為展示「千年文脈」之「常」與「變」的絕佳案例。

在陳平原的「兩代人的合力」理論背後，是其「淡化『事件』（如『戊戌變法』或『五四運動』）的戲劇性，凸顯『進程』的漫長與曲折」的史觀。〔註 65〕熟悉其著作者，當可想到「淡化／凸顯」一說脫胎於他撰寫《二十世紀中國小說史（第一卷・1897～1916）》時自定的筆法——「注重進程，消解大家」。〔註 66〕這是他在「綜合考量變革的諸多面向，如社會動盪、政治劇變、文化衝突、知識轉型、思想啟蒙、文學革命等」以後做出的裁斷。〔註 67〕這一

〔註 61〕陳平原：《導言：文本中見歷史　細節處顯精神》，《觸摸歷史與進入五四》，北京大學出版社 2018 年版，第 3～4 頁。

〔註 62〕陳平原：《導言》，《中國小說敘事模式的轉變》，第 29 頁。

〔註 63〕陳平原：《導言：西學東漸與舊學新知》，《中國現代學術之建立：以章太炎、胡適之為中心》，第 6 頁。

〔註 64〕陳平原：《「新文化」如何「運動」——關於「兩代人的合力」》，《作為一種思想操練的五四》，第 46 頁。

〔註 65〕陳平原：《「新文化」如何「運動」——關於「兩代人的合力」》，《作為一種思想操練的五四》，第 36 頁。

〔註 66〕陳平原：《卷後語》，《中國現代小說的起點：清末民初小說研究》，北京大學出版社 2010 年版，第 338 頁。《二十世紀中國小說史》第一卷出版之後，因為其他各卷始終未能完成，所以陳平原將此書改題為《中國現代小說的起點：清末民初小說研究》，單獨刊行。

〔註 67〕陳平原：《「新文化」如何「運動」——關於「兩代人的合力」》，《作為一種思想操練的五四》，第 36 頁。

從文學史研究發軔的新見，〔註 68〕經由學術史、文化史、教育史與思想史的互參，已在在可見其有效與有力。而稱其為「新見」，只不過是與時見相比，恐怕說其道出了「千年文脈」現代轉型的「本來面目」，方才更為準確。

三、文體、制度與精神

陳平原透過「晚清—五四」文學轉型進程把握「千年文脈」之「常」與「變」，在中國現代文學學科史上的主要對話對象有二：「顯」的是「毛澤東《新民主主義論》的決定性影響」，「隱」的則是「五四新文化人的精彩表現與自我塑造」。〔註 69〕前者是整個學科自 1980 年代以來努力突破的束縛，陳平原參與提出的「二十世紀中國文學」論述即在此之外提供了另外一種想像與敘述「現代文學」的方案。不過，與強力的意識形態話語對於學科生長的制約較易為人察覺不同，審美眼光、文學趣味與文化心態的內在規定性其實更加根深蒂固，並且不易被人發現。這便是陳平原一直致力相對化的後者。而對於「五四新文化人的精彩表現與自我塑造」的歷史化與問題化，正是他的一大學術貢獻。

陳平原對於「五四」一代自我經典化的動力、機制、進程與影響的深刻解讀，〔註 70〕皆屬重要的學術創獲。而特別需要指出的是，他的這一系列研究又都與其對於中國現代文學這一學科的自覺反思有關。他先後撰寫了《走出「現代文學」》《學術史上的「現代文學」》與《重建「中國現代文學」——在學科建制與民間視野之間》等文章。用他自己的話說，「一再辨析『中國現代文學』作為一個學科的陷阱與生機，希望經由一系列的反省與批判，實現創造性的『重建』，可見，本人雖不時有反叛的舉措，其實還是對其相當迷

〔註 68〕對於陳平原「注重進程，消解大家」的文學史研究方法的討論，參見解志熙：《文學史的新寫作及其理論問題——文學史的新寫作及其理論問題——讀〈二十世紀中國小說史〉第一卷》，《中國現代文學研究叢刊》1991 年第 2 期。

〔註 69〕陳平原：《「新文化」如何「運動」——關於「兩代人的合力」》，《作為一種思想操練的五四》，第 29 頁。

〔註 70〕參見陳平原的《五月四日那一天——關於五四運動的另類敘述》《思想史視野中的文學——〈新青年〉研究》《經典是怎樣形成的——周氏兄弟等為胡適刪詩考》（《觸摸歷史與進入五四》，第 10～58、59～139、245～313 頁）、《「少年意氣」與「家國情懷」——北大學生之「五四記憶」》（《作為一種思想操練的五四》，第 78～126 頁）與《在「文學史著」與「出版工程」之間——〈《中國新文學大系》導言集〉導讀》（《「新文化」的崛起與流播》，北京大學出版社 2015 年版，第 190～241 頁）。

戀」。〔註 71〕這也就將其最為核心的問題意識和盤托出，即以「千年文脈」為視野，但更為關注「現代文學」在其中的命運、實績、潛力與未來。概而言之，「千年文脈的接續與轉化」主要乃是一個「現代」命題，是對於「現代文學」的可能性的一種反詰與追問。

陳平原曾經概括自己在小說史與學術史之後的「現代中國」研究具有四重視野，即「大學」、「都市」、「圖像」與「聲音」。〔註 72〕他的這些工作，一如其將「晚清」引入現代文學研究，都在一點一滴地拓展著學科邊界，同時也潛移默化地更新了同人看待與理解「現代文學」的眼光、趣味與心態。而陳平原得以取得如是成就，除去樊駿稱道的「完備的學識結構」、「廣博的知識修養」與「深厚的學識根底」，還與他以文體、制度與精神三者的辯證作為主要的研究方法有關。而這也是決定與彰顯「千年文脈」在現代中國的「常」與「變」的三條基本線索與三個根本層面。

1980 年代，標榜回歸文學本體的形式分析思路受到文學研究界的青睞。陳平原既從中獲得啟發，又與之形成區別。與時賢熱衷借鑒西方理論重審中國文學不盡相同的是，陳平原還嘗試對於理論本身加以改造，使之與研究對象更加契合，更為中國化。而這實為中國現代學術的重要經驗，但時人大都只顧趕路，無暇沉澱。陳平原的特出之處在於一方面追求「走向世界」，另一方面又能夠沉潛到本國的學術傳統之中。他的歷史性與理論性兼備的文體研究方法，即可謂一種成功實踐。

在《中國小說敘事模式的轉變》中，陳平原並不諱言熱奈特與托多羅夫的敘事學理論在自己結構研究思路時的重要作用，但他同時指出：「作為文學史研究者，我不能不更多考慮中國小說發展的實際進程，而不是理論自身的抽象性與完整性。」〔註 73〕不是以方法裁剪對象，而是以對象翻轉方法，堅持「法從例出」，這是陳平原的研究既能「立潮頭」，又能「接地氣」的關鍵所在。到了《千古文人俠客夢》，他的文體研究方法更趨成熟，明確提出要「兼顧歷史性描述與理論性分析」。而該書也正是這樣做的。「這不只體現在該書的結構上」，上半部是「發展過程描述」，下半部係「形態特徵分析」，「而且作為一種

〔註 71〕陳平原：《小引》，《千年文脈的接續與轉化》，第 2 頁。

〔註 72〕參見陳平原：《「現代中國研究」的四重視野——大學．都市．圖像．聲音》，《讀書的風景：大學生活之春花秋月（增訂版）》，北京大學出版社 2019 年版，第 213～228 頁。

〔註 73〕陳平原：《導言》，《中國小說敘事模式的轉變》，第 4 頁。

理論眼光滲透到每一章節的具體論述中，尤其注意在共時性的形態分析中引入歷史因素，在歷史性的發展脈絡中扣緊類型特徵」。〔註74〕此舉不僅保證了其研究的歷史品格，甚至還被認為反哺了理論，「開創了中國學術界的類型學研究的先例」，「無疑是對原有的類型學理論的又一個重大突破」。〔註75〕

陳平原的文體研究有兩大顯著特色，其一是兼及歷史與理論，其二是平視邊緣與中心。中國文學現代轉型的後果之一是不同文體的等級秩序重新調整，小說由邊緣躍居中心，散文由中心退居邊緣。反映在文學研究中，即小說研究大熱，而散文研究相對冷清。但若以「千年文脈」為參照，則不難發現這只是相當晚近才出現的變化。作為研究者，固然有必要闡明「二十世紀」何以是一個「小說的世紀」，〔註76〕卻也不應厚此薄彼。一窩蜂的小說研究除了說明「此中」的確「有真意」，恐怕還見證了部分學者的「短視」與「畏難」。而陳平原的眼光獨到便在於他始終持平地面對文體升降。在小說研究中，他做出了突出貢獻；在散文研究中，他同樣投入了極大心力。〔註77〕其實與小說相比，散文是更能凸顯「千年文脈的接續與轉化」的文體，在展開對於中國文學的「連續性」與「中國特色」的思辨方面，具有不可替代的認識價值與思想意義。

陳平原的小說研究中依稀可見魯迅《中國小說史略》的方法啟示，〔註78〕而其散文研究中則不時浮現出周作人論述的側影。陳平原表示，周作人對於現代散文的判斷——「現代散文好像是一條湮沒在沙土下的河水，多少年後又在下流被掘了出來；這是一條古河，卻又是新的」——是他思考的起點。〔註79〕他由此追問，「這條『河』為何埋入地下，怎樣重獲新生」，「如此既古又新，

〔註74〕陳平原：《千古文人俠客夢》，《千古文人俠客夢：武俠小說類型研究（增訂本）》，第22頁。

〔註75〕吳曉東：《文化視野中的小說類型學——評陳平原著〈千古文人俠客夢〉》，《文學遺產》1993年第6期。

〔註76〕參見陳平原：《懷念「小說的世紀」——〈新小說〉百年祭》，《當代中國人文觀察（增訂本）》，北京大學出版社2010年版，第138～158頁。

〔註77〕陳平原現代散文研究的重要成果，有《現代中國的「魏晉風度」與「六朝散文」》（《中國現代學術之建立：以章太炎、胡適之為中心》，第273～335頁）等。

〔註78〕陳平原曾經系統總結魯迅的文學史研究方法，尤其是其小說史研究的經驗與遺憾。參見陳平原：《清儒家法、文學感覺與世態人心——作為文學史家的魯迅》，《作為學科的文學史：文學教育的方法、途徑及境界（增訂本）》，第323～358頁；《魯迅的小說類型研究》，《小說史：理論與實踐》，第176～191頁。

〔註79〕周作人：《〈雜拌兒〉跋》，《苦雨齋序跋文》，北京十月文藝出版社2011年版，第129頁。

日後生機何在，該如何向前流淌」，以及「作為當代學人，我們是否有可能『介入』，以至影響其流向與流速」。〔註 80〕其散文研究，在某種程度上就是對於這些問題的回應。陳平原的文體研究可以視為周氏兄弟在這一方面工作的接續與推進。而他的示範也說明了包括周氏兄弟在內的現代中國文人與學者的文學思想，其意義不亞於現成的西方理論。

從周氏兄弟篳路藍縷的探索中採擷洞見，是陳平原兼理學術史，為其文學研究打開的視野。如果說不為一時的文體等級秩序所惑體現了他的文體研究的歷史眼光的話，那麼將「述學文體」納入「現代文學」研究則讓人見識到了其文學觀念的開放。對於現代中國「述學文體」的研究，幾乎是陳平原治學的「獨家發現」。在他之前，有學者零星論及，但不夠系統；與他同時，也有學者對此感慨良多，可遠不如他自覺，並且作為重要課題長線經營。在他看來，晚清以降，「我們不僅已經改變了觀念與思想，而且改變了思維習慣；不僅改變了學問的內容，而且改變了討論的方式」。〔註 81〕學問如何表達，涉及思想、精神，也關乎語言、文體。陳平原的「述學文體」研究把原本屬於「文」的範疇的「學術文章」請回「文學研究」的殿堂，找到了文學史與學術史的最佳接榫。而此項研究更大的意義還在於其「白話學術」與「白話文學」並駕齊驅的學術思路，〔註 82〕極大地豐富了談論「現代文學」與「現代學術」的方式、方法與方向。

「既基於文體又不限於文體」，〔註 83〕是陳平原對於自家治學路數的概括。面對「千年文脈」的現代轉型，他主張「不好簡單地歸功或歸咎於某突發事件」，因為「這裡的起承轉合、利弊得失，不是三五天或一兩年就能『水落石出』的」。〔註 84〕他之所以這樣說，理由的一部分來自文體演進絕非一朝一夕就可以完成，而另一部分則源於支撐文學變遷的制度變革也需要一個長期過程。在文學研究中引入制度視野，是陳平原的又一重要方法。

〔註 80〕陳平原：《小引》，《千年文脈的接續與轉化》，第 3 頁。

〔註 81〕陳平原：《關於現代中國的「述學文體」》，《學者的人間情懷：跨世紀的文化選擇》，生活·讀書·新知三聯書店 2020 年版，第 111 頁。

〔註 82〕參見陳平原：《學術演講與白話文學——1922 年的「風景」》，《現代中國的述學文體》，北京大學出版社 2020 年版，第 95～143 頁。

〔註 83〕陳平原：《「史傳」傳統與「詩騷」傳統》，《中國小說敘事模式的轉變》，第 209 頁。

〔註 84〕陳平原：《「新文化」如何「運動」——關於「兩代人的合力」》，《作為一種思想操練的五四》，第 36 頁。

具體就「現代文學」的發生與發展而言，關鍵性的制度因素有二，一是傳播媒介，二是教育基礎。關注「大眾傳媒與現代文學」，自 1990 年代以來，已經逐漸成為現代文學研究的主流範式。在這一浪潮的湧動過程中，陳平原多有先知先覺。2001 年，他寫出《文學史家的報刊研究——以北大諸君的學術思路為中心》，倡導以「報刊研究」推動現代文學研究，斷言「理解大眾傳媒，不僅僅是新聞史家或媒體工作者的責任，更吸引了無數思想史家、文化史家以及文學史家的目光」。〔註 85〕但更為值得一提的是，他在此番宏論之前，早在 1980 年代撰寫《中國小說敘事模式的轉變》時，便已把傳播媒介的改換與小說敘事模式的改變兩者的相生相成作為論述重心；〔註 86〕而當報刊研究大行其道以後，他又率先對此做出反思，在 2008 年發表《文化史視野中的「報刊研究」——近二十年北大中文系有關「大眾傳媒」的博士及碩士論文》，既清理成績，也提醒其間「可能存在的陷阱」，〔註 87〕避免後來者走向「為方法而方法」的彎路與誤區。

陳平原不只一次說到，「在 20 世紀的中國，『新教育』與『新文學』往往結伴而行」。〔註 88〕1990 年代後期以來，陳平原以很大熱情從事教育史，特別是現代中國大學史的研究。他曾回憶，同樣是在撰寫《中國小說敘事模式的轉變》時，自己就意識到了「沒有『新教育』，就沒有中國現代小說」。〔註 89〕彼時的他雖然無力處理這一話題，卻堅信「談新文學或新文化運動，必須將其與新教育聯繫起來」。〔註 90〕直到在大學史研究中積累有加，陳平原才正面進入對於「新教育」與「新文學」的密切關聯的清理中去。思考「教育」與「文學」的關係問題，「文學教育」是當仁不讓的重頭戲。在陳平原看來，「談論肇始於晚清、成熟於五四的『文學革命』，時賢多關注報刊書局之鼓動風潮」，這當然

〔註 85〕陳平原：《文學史家的報刊研究——以北大諸君的學術思路為中心》，《假如沒有「文學史」……》，第 25 頁。

〔註 86〕參見陳平原：《小說的書面化傾向與敘述模式的轉變》，《中國小說敘事模式的轉變》，第 254～284 頁。

〔註 87〕參見陳平原：《文化史視野中的「報刊研究」——近二十年北大中文系有關「大眾傳媒」的博士及碩士論文》，《假如沒有「文學史」……》，第 285～294 頁。

〔註 88〕陳平原：《新教育與新文學——從京師大學堂到北京大學》，《作為學科的文學史：文學教育的方法、途徑及境界（增訂本）》，第 1 頁。

〔註 89〕陳平原，《導言》，《中國小說敘事模式的轉變》，第 21 頁。

〔註 90〕陳平原：《我的「大學研究」之路》，《大學有精神》，北京大學出版社 2016 年版，第 4 頁。

不錯，他也做過不少相關研究，但還需「另闢蹊徑」，「從新式學堂的科目、課程、教材的變化，探討新一代讀書人的『文學常識』」，〔註 91〕如此方堪完善。循此，他認真考察了清末民初從京師大學堂到北京大學的文學教育的建立過程，「新文化運動」時期北大國文系的教育實踐狀況，並且以竭澤而漁的精神重構了二十世紀中國大學「文學課堂」的形成、坎坷與輝煌。〔註 92〕這三步連環，將「文學教育」對於文學生產、傳播與接受的重要意義一一道出，反過來也論證了「文學」之於「教育」的不可或缺。

在陳平原的研究中，文體與制度並非「花開兩朵，各表一枝」，而是相互發明，彼此成就。只不過在不同階段，面對不同課題，基於不同目標，側重點有所區分罷了。

文體有虛實，制度有軟硬，所以陳平原格外注意拿捏論述與評判的分寸。而分寸感的達成，則與「精神」也是其研究方法的重要一維有關。陳平原認為，文學與文學研究從來都不僅是「知識」與「技能」，還必須要有「情懷」。〔註 93〕他的目標是以「辨章學術，考鏡源流」的方式，「呼喚那些壓在重床疊屋的『學問』底下的『溫情』、『詩意』與『想像力』」。在陳平原的眼中，這「既是歷史研究，也是現實訴求」。〔註 94〕或許可以再補充一句的是，對於他來說，文體、制度與精神三者的辯證，同樣既是研究方法，也是學術關懷。其研究著作，大都真氣灌注又文氣淋漓，便是他在「歷史」與「現實」以及「方法」與「關懷」之間相互穿透的結果。

當代學界不乏具體領域的專家，亦時有面對不同學科均有發言興趣之人。但像陳平原這樣涉獵既廣，鑽研又深的，卻著實不多。陳平原治學之可貴，除去「慧心」與「妙思」，更由於其穩紮穩打，一步一個腳印。在深知其學術經歷者看來，陳平原的每一次騰挪轉移或者觸類旁通，「其實都經歷了漫長的準

〔註 91〕陳平原：《新教育與新文學——從京師大學堂到北京大學》，《作為學科的文學史：文學教育的方法、途徑及境界（增訂本）》，第 2 頁。

〔註 92〕參見陳平原的《新教育與新文學——從京師大學堂到北京大學》《知識、技能與情懷——新文化運動時期北大國文系的文學教育》與《「文學」如何「教育」——關於「文學課堂」的追懷、重構與闡釋》三篇文章（《作為學科的文學史：文學教育的方法、途徑及境界（增訂本）》，第 1～195 頁）。

〔註 93〕陳平原：《知識、技能與情懷——新文化運動時期北大國文系的文學教育》，《作為學科的文學史：文學教育的方法、途徑及境界（增訂本）》，第 118 頁。

〔註 94〕陳平原：《增訂本序》，《作為學科的文學史：文學教育的方法、途徑及境界（增訂本）》，第 4 頁。

備」。〔註 95〕正因如此，他才能留下「亦開風氣亦為師」的堅實足跡，〔註 96〕啟迪他人，嘉惠學林。

如樊駿所言，學人的「知識結構的調整充實，必然會開拓研究思維的空間，改變價值觀念與研究方法，即使對同一研究對象，也會有新的發現新的理解，從而深刻地改變研究工作的內容與面貌」。〔註 97〕陳平原的研究便是此語的生動寫照。他融會「古典趣味」與「現代意識」的學術視野，考究「千年文脈」在現代中國的「常」與「變」的學術志業，兼及文體、制度與精神的學術方法，既是其出眾的個人成就，也推動了中國現代文學學科不斷「走向成熟」。

陳平原的意義當然不為學科所限。有關注當代中國的學術進程的學者，就認為「論新時期人文學術思想史，不能不設陳平原一章」。〔註 98〕若如是觀，嘗試對於陳平原的學術關懷與研究方法述其大略，自然也就包含了為當代學術「成史」貢獻一份心力的意願。

〔註 95〕王風：《陳平原先生旁論》，《名作欣賞》2019 年第 1 期。

〔註 96〕參見季劍青：《亦開風氣亦為師——陳平原的文學史研究》，《中國語言文學研究》2018 年第 1 期。

〔註 97〕樊駿：《我們的學科：已經不再年輕，正在走向成熟》，《中國現代文學論集》，上卷，第 499 頁。

〔註 98〕夏中義：《陳平原的學人角色自覺》，夏中義、劉鋒傑：《從王瑤到王元化：新時期學術思想史案》，廣西師範大學出版社 2005 年版，第 21 頁。

越界突圍與文學史整合
——黃萬華先生的跨界學術之旅

盧阿濤*

2014 年，黃萬華先生出版了自選集《越界與整合》。毫無疑問，「越界與整合」是對黃先生四十多年治學經驗與成就的精準概括。

「越界」涉及國家區域、學科邊界、文化空間和時間界限的跨越。跨越首先在於空間的突圍，即突破傳統視野、對象和方法的局限，把漢語文學考察的範圍從中國大陸擴展到海外，跨越兩岸多地，在全球性、世界性語境中進行學術統籌和整合，從文學向社會學、歷史學等其他學科延伸拓展，藉此豐富和深化文學研究。其次，在於時間的跨界，突破既有的文學時段劃分，打通近代、現代與當代，重建文學史發展的內在邏輯和發展脈絡。最後，在於形成不同「界」之間的深度對話，實現了傳統文本研究與新媒體、語圖關係等媒介研究的跨界。需要指出的是，在黃先生的學術旨趣中，不同「界」多元共存，雖有文化源流關係但各自的獨立個性在闡釋中得到了尊重，不同的「界」構成平等關係，對之進行審視時克服了中心與邊緣的成見。

「越界」之目的在於「整合」。越界更多的是方法、視角和手段，由此拓展空間，連通文化場域，激發文化隱脈，正如藍陳平的《不忘初心，時刻回望——評黃萬華〈越界與整合——黃萬華選集〉》(《世界華文文學論壇》，2015 年第 4 期）所指出的那樣：「在越界的過程中看清它們相通相異裏潛藏的價值」，其目的不是為了「越」而是為了「合」，「合」包含了黃先生宏闊的研究視野和

* 盧阿濤，西南大學文學博士，湖南第一師範學院講師，主要從事中國現當代文學研究。

治史的學術雄心，即有計劃地建構文學史的整體結構；「『越界』和『整合』二詞——言簡意賅地向此領域的研究同仁及讀者傳遞了世界華文文學之現狀及文學史構建的趨向。」其視野很大，囊括了大陸、臺港澳，以及東南亞、歐美澳等全球華文區域，但切入視角和書寫核心又極精準貼切，以小見大，脈絡清晰，緊緊圍繞華人、華語、華文，順著中國「五四」新文化、新文學的源流延伸、發展、衍生、演變的情形對文學史進行了統合。這是極有學術難度、極見學術功力的一項工作，彰顯了黃先生統籌建構「大文學史」的學術雄心。黃先生在該領域深耕細作四十多年，一步一步拓展研究領域和視界，更新理論視野和研究範式，取得了驚人的實績和令人欽佩的成就。

一、跨時空：戰爭與文學史階段劃分

戰時和戰後文學一直是黃萬華先生研究的重點，先後出版了《東北淪陷時期文學史論》(1991)、《中國抗戰時期淪陷區文學史》(1995)、《史述和史論：戰時中國文學研究》(2005)、《戰後二十年中國文學研究》(2008)、《跨越1949——戰後中國大陸、臺灣、香港文學轉型研究》(2018)等力作。在20世紀80年代，黃先生開啟了淪陷區文學研究這一新領域，到了90年代把研究範圍擴展到戰時中國文學和戰後中國文學，不僅發掘整理了大量史料，奠定了抗戰文學研究的基石，而且在此基礎上重新考量文學史發展的時空關係，大膽拆分現有文學史的歷史分期。他以「戰時八年文學」和「戰後二十年文學」的時段概念取代「40年代文學」和「17年文學」，既打破了以政治意識形態劃分文學史的固有套路，又將中國文學與世界文學進行接軌，在全新的文學史框架中發現了許多新問題，做出了別開生面的闡述。

黃先生最近二十年精力投入最多的是臺港澳文學及海外華文文學研究，這既是研究領域的拓展，又為整合漢語文學史做了充分的準備。在他把目光聚焦於海外華文文學時，其審視的理路其實一直未曾脫離戰時和戰後的中國文學，並擅於將二者貫通起來。正如他自己所言：「我原先做文學史研究，從當時被忽視的抗戰時期文學入手，又首先涉及其中一度被視為『禁區』的淪陷區文學，後來意識到戰後可能是百年現當代文學中狀態最複雜的時期，便以此作為自己文學史研究的突破口。」〔註1〕他後來也一直致力於戰時與戰後的文學

〔註1〕黃一，黃萬華：《越界與整合——黃萬華教授訪談錄》，《世界華文文學論壇》，2019年第1期。

研究，「嘗試將這30年中隔絕的大陸、臺灣、香港、海外文學溝通」，以至於「將近40年中，我只做了兩個時期，抗戰時期和戰後時期的文學研究，但背後一直有個思路，就是能否揭示近、現、當代文學原本貫通的歷史血脈，探討完成中國大陸、臺灣、港澳、海外文學歷史整合的具體途徑」〔註2〕。

可以說，發生在中國且與世界緊密聯繫的戰爭是黃先生文學史建構的重要內容和切入點。在黃先生看來，「在戰時中國文學提供的終極體驗、世界性視野、異族形象、民族尋根、生命哲思、開放體系、魯迅傳統、知識者形象、軍營小說、中國形象、古典氛圍、通俗潮流、鄉土情懷、抵抗意識、語言原鄉、戰時經典等內容中孕育著豐富的文學史信息，足以引起中國文學現代性格局的深層次調整」〔註3〕。「三史」《多源多流：雙甲子臺灣文學（史）》（2014）、《百年香港文學史》（2017）、《百年海外華文文學史》（為《百年海外華文文學研究》的上卷，2022年出版）的寫作，便是此種文學史觀的實踐。黃先生以高屋建瓴的大氣魄，將「三史」劃分為1945年二次大戰結束前的「早期」、1945年至1970年代的「戰後時期」、1980年代後的「近30餘年」三個歷史階段，為審視、整合20世紀漢語文學史提供了新的思路。黃先生充分肯定戰時中國文學的價值，稱讚其不遜於（甚至超越了）「五四」時期和30年代文學的藝術質量。

黃先生戰時文學史觀的建構價值主要體現在兩個維度，一為貫通，二為阻隔。

「貫通」既是指中國內部的文學關係而言，也是指中國與世界的文學關係而言。「貫通」觀念體現了對文學空間的宏觀把握。世界大戰將諸多國家和民族拉入同一戰爭語境中，無論東方還是西方，大陸還是海外，它們「所處世界性背景相同，民族性命運相連」，並在這一背景和休戚與共的群體意識下，「接納人類普遍性價值」〔註4〕，萌生了人類悲憫、人性拯救和「命運共同體」等世界性意識。反映在文學中就是如馮至對生命本質的哲思，穆旦對自我存在的可能、價值和意義的拷問……值得注意的是，這種哲思和拷問，不單是受外來文化的激發，也是在統一背景和環境下對中國傳統文化的再認識和對中國境

〔註2〕同上。

〔註3〕黃萬華：《戰時中國文學：可以被一再審視的文學空間》，《求索》，2005年第6期。

〔註4〕黃萬華：《異族與「他者」形象：戰時中國文學的一種尋求》，《文史哲》，2002年第3期。

遇的再體認。

黃先生認為這種世界性背景和語境讓中國文學跟上世界文學的步伐。中國文學不再單一地接受來自歐美的文學影響，而得以與豐富多彩的世界文學交往，從而「將『五四』新文學對世界進步文化的呼應機制轉換成『融入』機制，拉近了中國文學跟世界進步文化的『心理』距離」〔註5〕。他在《異族、「他者」形象：戰時中國文學的一種尋求》、《從呼應到融合：世界戰爭文化格局中的中國文學》、《戰時中國文學：可以被一再審視的文學空間》等文中便明確提出了戰時中國文學的世界性話題，並做了進一步延伸，強調「從世界文化的視野去審視、把握」〔註6〕中華民族新文學。

黃先生善於突破「某地」「某時」的局限，在「互為參照」中「打通」視野，立足「全局」去思考問題。從地域上看，黃先生的專著《戰時中國文學研究》就「打通」了抗戰時期的國統區、解放區、日占區、海外文學的研究壁壘，以此思考戰爭與人性、救亡與啟蒙等問題，自然比從單一區域來考察要深入。專著《戰後二十年中國文學研究》的對照視野進一步擴大，將「二戰」結束後二三十年的中國大陸文學、臺灣文學、香港文學進行了「打通」，較為有效地解決了以往在單一的「十七年文學」「文革文學」等視野中顯得模糊的問題。黃先生的諸多成果呈現出了將中國現當代文學與世界華文文學「打通」來研究的態勢，在比較視野和全局性眼光下開拓了諸多研究話題。黃先生的「打通」，不僅是空間的跨越，也是時間的跨越，他的文學史研究通過戰爭來劃分時期，跨越以往被「1949」分割開的「中國現代文學」和「中國當代文學」，更清晰深入地認識和把握了中國現當代文學的生命歷程和整體屬性。

「阻隔」著眼於中國內部文學格局的形成。戰爭期間，中國被分割為諸如淪陷區、國統區、解放區和「上海孤島」等區域。在相當長的一段時期內，各區域文學研究不平衡，部分區域的文學研究顯得冷落，而且各個區域的研究缺乏整合，呈現出各自為陣的局面。黃先生從戰爭造成的地域性「阻隔」中，恰恰看到了多元格局的形成。他從外來文化與地域文化的重疊與齟齬、政治制度和作家創作理念的「一致」與「抗衡」、學術力量與高等學府的內遷、戰前文化中心的積累與重建等方面展開研究，印證了戰時中國文學「多地區多中心格

〔註5〕周曉風，凌孟華：《新世紀以來中國大陸抗戰文學研究的回顧與思考》，《華中師範大學學報（人文社會科學版）》，2015年第5期。

〔註6〕黃萬華：《從呼應到融合：世界戰爭文化格局中的中國文學》，《天津社會科學》，2002年第3期。

局」的狀態，在多個方面突破了文學史研究既有的思路和觀念：

第一、在多地區的空間視野下，發現了地方文學的發散和對話機制以及所形成的文學格局。戰時文學「打破了中國新文學自『五四』以來以北京、上海為中心的單向吸納和輸出的格局，在戰爭遷徙過程中，進行著『外來』文化和地域文化的多重疊合，形成了一種較平衡運行的多文化中心機制」。〔註 7〕地方文學在非大一統的政治格局下，不用受單一社會意識形態的制約和干擾，形成「多脈並存，各行其間」的格局，黃先生由此闡明了香港、臺灣與中國內地構成的「潛行互動、內在互補」的關係。

第二、戰爭所造成的流離失所、分離隔絕，使中國文人在原鄉和異鄉的衝突對照中，審視異鄉文化，回望原鄉，構築原鄉的烏托邦。在 20 世紀的動盪環境中，不管是國內的遷徙，還是國際的離散，都逐漸演化成「最具人生觀照的複雜性和審美傳達的豐富性的原鄉形象」。〔註 8〕相較於研究原鄉形象與現代進程的關係，黃先生更注重「原鄉形象體系的演變跟全球文化的互動關係的變移」〔註 9〕。

第三、對戰時中國文學的民族性資源加以深入開掘，使之成為超越政治因素的文學整合力量。民族傳統、地域文化、鄉土觀念與西方資本主義、世界進步文化的交流碰撞中，獲得了新的生機活力，戰時中國文學的民族性與世界性形成了較為自覺的互動，在這種互動中，協調了源自「五四」的「世界性」因素與日益彰顯的民族性之間的矛盾。

黃先生充分肯定了戰時中國文學的價值和生命力，在他看來，「從整體上講，戰時中國文學，尤其是二次大戰期間的中國文學，是足以跟同時期世界各國文學相媲美，甚至在某些層面上有所超越的」〔註 10〕。他「從籠統的一般性研究深入到對各區域抗戰文學的具體研究，並在此基礎上形成更為宏觀的總體研究」，給予了戰時中國文學非同一般的文學史地位，並認為「20 世紀民族新文學史上多地區多中心格局中的多元並立狀態出現於這一時期，這

〔註 7〕黃萬華：《跨越 1949：戰後中國大陸、臺灣、香港文學轉型研究》，百花洲文藝出版社 2018 年版，第 24 頁。

〔註 8〕黃萬華：《原鄉的追尋——從一種形象看 20 世紀華文文學史》，《人文雜誌》，2000 年第 4 期。

〔註 9〕同上。

〔註 10〕黃萬華：《戰時中國文學：可以被一再審視的文學空間》，《求索》，2005 年第 6 期。

就溝通了日後漢語文學生存發展的基本形態。所以，若能不遮蔽地呈現戰時中國文學多地區多中心的格局，就能找到解決 20 世紀中國文學史構建殘缺的思路」〔註 11〕。

二、跨文化：「五四」新文學傳統與民族文化的生命力

黃萬華先生曾自述：「我覺得自己內心一直有一種未言明的意識，想弄明白民族文化的生命力到底如何，而這種意識幾十年似乎始終在引導我對處於『困境』時期的文學產生興趣。」〔註 12〕結合黃先生的學術研究歷程來看，他確實一直對「困境」情有獨鍾。他早年在淪陷區文學上辛勤耕耘時便認為只有像「淪陷區那樣的政治困境，才能顯示出中華民族文學的頑強生命力」〔註 13〕。而後他又將戰時中國各區域的文學打通，考察中華民族文學在戰爭迫力下所呈現的旺盛生命力。他「將抗戰時期大陸淪陷區文學、臺灣日劇時期文學、太平洋戰爭後香港文學統稱為『日占區文學』」〔註 14〕，把被殖民佔領的臺港澳文學也納入研究視野。而之後，其視野進一步擴大到東南亞、歐美澳等海外地區，關注漢語文學在異國和異文化裏的「落地生根」。不管是有殖民背景的臺港澳，還是異國他鄉的海外，跨文化成為了黃先生進行臺港澳暨海外華文文學研究的總體背景。

黃先生口中的「民族文化」，是指包括「五四」新文學傳統在內的中華傳統文化。「五四」新文學本身就誕生並成長於跨文化語境中，隨著五四作家的遷徙和華人作家的離散，具有跨文化品格的「五四」新文學傳統又在各地華文領域中進行了新一輪跨文化移植、傳播。它與中國儒釋道等傳統文化一道融入了海外華人的記憶和情感中，或隱或顯地表現在他們的文學創作裏。它們既散見於各區域文學流脈中，又承擔著重要的情感樞紐作用，一直是其文學史觀建立的核心因素和重要支柱之一，也是連接現代和當代，中國大陸與臺港澳及海外華人的文化文學血脈之一。因此，他一直致力於尋找「五四」精神的流轉延

〔註 11〕黃萬華：《戰時中國文學：可以被一再審視的文學空間》，《求索》，2005 年第 6 期。

〔註 12〕黄一，黃萬華：《越界與整合——黃萬華教授訪談錄》，《世界華文文學論壇》，2019 年第 1 期。

〔註 13〕黄一，黃萬華：《越界與整合——黃萬華教授訪談錄》，《世界華文文學論壇》，2019 年第 1 期。

〔註 14〕同上。

續及「民族文化」的旺盛生命力所在，追溯其在臺港澳暨海外華文文學中的分流與文化隱脈，並通過對民族文化生命力的挖掘，著力「揭示近、現、當代文學原本貫通的歷史血脈，探討完成中國大陸、臺灣、港澳、海外文學歷史整合的具體途徑」〔註15〕。不難看出，黃先生在開拓研究疆域，延伸思想筆觸的同時，依然保持著一種回望的意識——回望「五四」新文學傳統和中國現當代文學。這種「未言明的意識」便是黃先生多年來融入研究思想和學術靈魂中的本能與潛意識，促使他在「走出去」的同時，依舊回望、撫摸與反思本民族文化留在自己胸口的烙印。黃先生的跨文化研究主要有以下幾個特點：

第一、以文化的延續性關聯文學史的整體性。「五四」新文學傳統是黃先生為百年海外華文文學尋找到的近代源頭之一，它賦予了海外華文文學更多的文化底蘊和更強的主體性。不同國家和地區的海外華人文學所共同具有的包括「五四」新文學傳統在內的中國傳統文化，構成了強大的向心力和凝聚力，顯示了大陸文學與臺港澳暨海外華文文學難以割捨的歷史聯繫和複雜關係。黃先生一方面通過深受「感時憂國」傳統影響的東南亞等地的華文文學入手，強調了他們「以傳承中華文化傳統來凝聚族群力量、抗爭民族壓迫的重任」〔註16〕的特徵，與中國大陸文學形成呼應；另一方面，則從走出了「五四」現實主義傳統的歐華文學切入，強調了歐華文學堅持並發展了「『五四』開啟的現代意義上的『人的文學』和『自由的文學』」，〔註17〕並通過文化建設推動中華文化與西方文化的對話交流。以此來印證「五四」新文學傳統成為了華文文學跨文化交流和書寫的重要文化背景和心理基礎，推動了中華民族新文學整體觀的建構。可以說，黃先生正是通過大陸、港澳臺及海外華文文學中的「五四」新文學傳統和民族文化，將20世紀華文文學「確實存在著分割已久，看似各行其是的不同空間」〔註18〕，連為一個不可分割的有機整體。

第二、兼顧跨文化主體（華人）與客體（所在地文化）的變與不變。「變」在於所處時空及文化環境的改變。同一中華民族文化離散到世界各地，必將與當地的族群、文化產生碰撞交流，從而生發出不同的特徵。在這種不同文化間

〔註15〕同上。
〔註16〕黃萬華：《「出走」與「走出」：百年海外華文文學的歷史進程》，《中山大學學報（社會科學版）》，2019年第1期。
〔註17〕黃萬華：《「人的文學」和「自由的文學」——論百年海外華文文學的傳統》，中山大學學報（社會科學版），2012年第6期。
〔註18〕黃萬華：《越界與整合——黃萬華選集》，花城出版社2014年版，第33頁。

的雙向交流中，社會文化、民族心態、身份認同、精神信仰等方面必然會呈現出極為複雜的樣態。所以黃先生認為：「文學的流動，是不同的文化遷徙群體將自身原先擁有的文化資源『旅外』遷移至現時文化空間，以『在地』的方式與原先的在地文化相遇、對話、交融，並逐步產生自身的在地性……其結果卻是使包括『五四』以來『人的文學』傳統在內的中華文化多種傳統以旅外與在地的多種方式存在於中國大陸、臺灣、香港，乃至海外，和當地原有的文學傳統互相激活、交匯，有力推動了各地漢語文學主體性的確立，也極大豐富了五四新文學傳統。」〔註 19〕而且從整體上看，海外華文文學可以說形成了「五四」新文化和新文學的「離散」格局。值得注意的是，雖然大陸新文學被看作是「離散」的中心點，但實際上，黃先生並未以一種自居中心的態度來看待海外華文文學，而是克服了「以中華文化圈的核心自居的『霸權』心理」，注重作為不同地域主體間的「異態共生、多元共存、互動共榮」〔註 20〕。

「不變」在於黃先生注重在不斷變幻中的政治、經濟、文化等外部環境中尋找「變動不居」的文化根基，即「作家自我的文化身份和各地區華文文學的文化屬性的變動不居」〔註 21〕。他認為海外華文文學承擔著「傳承文化、維繫血脈的使命」〔註 22〕，而「五四」新文學傳統就是 20 世紀中國最重要的文化血脈之一。所以，只要作家身負包括「五四」新文學傳統在內的中華傳統文化，他自我身份的定位就永遠離不開中華民族。

第三、重視不同文化間的情感共鳴與「互為參照」。「五四」新文學是在外國殖民入侵中催生的，西方文化客觀上建設性地參與了「五四」新文化傳統的形成和發展，從文學基礎來說，「『五四』新文學運動在中國和海外的互動中完成的」〔註 23〕。而臺港澳及海外華文文學，也有著種種殖民或被殖民的歷史，有著在異國他鄉的精神漂泊、生存困境和情感空虛。黃先生認為，一方面，他們從民族傳統和「五四」新文學傳統中汲取異地生存的精神力量和心理支撐，擺脫文化上的殖民心態；另一方面，他們也與「五四」反抗壓迫，爭取獨立與自由有著相似的文化訴求。這讓二者之間的溝通交流有了共同的情感基礎、歷

〔註 19〕黃萬華：《分割中的流動：中國現當代文學的歷史總體性——二十世紀四五十年代之交漢語文學的再審視》，《福建論壇（人文社會科學版）》，2018 年第 3 期。

〔註 20〕黃萬華：《越界與整合——黃萬華選集》，花城出版社 2014 年版，第 40 頁。

〔註 21〕黃萬華：《越界與整合——黃萬華選集》，花城出版社 2014 年版，第 43 頁。

〔註 22〕黃萬華：《越界與整合——黃萬華選集》，花城出版社 2014 年版，第 36 頁。

〔註 23〕黃萬華：《越界與整合——黃萬華選集》，花城出版社 2014 年版，第 58 頁。

史前提和理論向度，同時也凸顯了五四新文學與海外華文文學的「世界性背景」〔註24〕。

不同文化區域的華人文學，由於作者相似的背景和經歷容易產生共情共感，但同時，由於在地文化的差異，二者常在對照的視野中完成自我認識。在這裡，黃先生實際上是看到了海外華人相對於所在地的「他者」身份。因為，通常自我位置的確認是在與他人位置的相對比較中凸顯的，中華性也是在與所在國的地方性對比中凸顯的。海外華人的族群意識和文化血緣正是在這種對比（異質文化的對照，弱國族群的屈辱體驗，文化交錯中的身份認同）中被喚醒。而身體中流動的包括「五四」新文學傳統在內的中華民族傳統在與「異地、他鄉」的對照中彰顯，成為其身份確認和精神家園的基礎。從文學上看亦是如此，「一種文學成分只有受到其他文學的挑戰乃至壓力，才能促使其完善革故鼎新的內部機制」〔註25〕。

黃先生注重「五四」新文學傳統在海外的承續，是要走出意識形態對文學的限制、劫持和禁錮，「追求包括五四新文學傳統在內的中國文學傳統與世界文化潮流的對接」〔註26〕。他從「五四」新文學傳統切入，以小見大地把握了華文文學不同的文學範式和生存特徵，總攬了中華民族新文學的整體面貌。「五四」新文學的產生和形成本就與世界文化密不可分，而「五四」新文學走出中國大陸開始與世界文化接軌，自然有利於推進中國現代文學的反思和發展，在世界性背景下對其進行觀察和研究。黃先生在《戰時中國文學史論》中便認為，「抗戰時期文學在置身世界戰爭文化中將五四新文學對世界進步文化的呼應機制轉換成『融入』機制，拉近了中國文學跟世界進步文化的『心理』距離，中國現代文學由此獲得了一種新的世界性視野」〔註27〕。總之，「五四」新文學傳統在海外得到了有力的延續和發展，打破了自足體系和大一統格局，進入開放進程和多元化格局。「五四」在內的中華文化傳統與西方文化的對話也得以成功展開，「使自足生存的中國文學體系變成了一個開放變動的華文文學體系」〔註28〕。

〔註24〕同上。
〔註25〕黃萬華：《越界與整合——黃萬華選集》，花城出版社2014年版，第39頁。
〔註26〕黃萬華：《「出走」與「走出」：百年海外華文文學的歷史進程》，中山大學學報（社會科學版），2019年第1期。
〔註27〕黃萬華：《戰後二十年文學論綱》，《文史哲》，2004年第5期。
〔註28〕黃萬華：《新馬百年華文小說史》，山東文藝出版社1999年版，第11頁。

三、跨媒介：語圖關係和文學史的建構

象形文字在中國早已有之，在漢語中，語、圖本就具有「同源共存、相生相長」〔註 29〕、渾然一體的特性。到了現代，語圖之間的相互演繹和配合變得更加多元和多樣。洪子誠先生便認為「從中國的藝術史和文學史來說，30 年代、五六十年代，以至 80 年代，文學跟藝術之間的關係是比較密切，文學、繪畫、音樂、電影等有共同的話語，它們也從不同領域的活動、思考和創作成果那裏得到啟發，之間有一種互相激發的可能和機制」〔註 30〕。黃萬華先生的文學史構建與文學版圖的拼繪，不僅是地域空間的擴展、時間維度的跨界和文學史思維的更新，還包括對中國現當代文學與媒介形式、生態的關聯性考察。他認為「文圖關係」是文學史敘述的新途徑，能夠通過現代媒介祛蔽，並在文圖互文、互涉、互動中實現對中國現當代文學的新發現和新闡釋。黃先生的跨媒介研究具有以下特點：

一、緊跟時代潮流的新視野。隨著媒介形態的發展和媒介生態的變化，文學與藝術也受到了深刻的影響，以至於黃先生等人在《經典解碼：20 世紀中國文學與電影》中驚呼：「影像之於文學的霸權地位日益彰顯。」〔註 31〕從印刷技術到報紙副刊，從漫畫插圖到影視圖像，都在與文學的雙向互動中「攜手並進」。因此，「在電子媒介時代，整體性社會文化與文學藝術皆發生了巨大的歷史性變革，從而向文學理論研究提出了一系列新的要求」〔註 32〕。而文學與文學理論的變遷自然也會觸及到文學史書寫範式的建構。黃先生認為，重新發現和重視中國現當代文學中的語圖關係，有利於「走出純文學的幻象，從新的美學視域、媒介視域觀照文學」〔註 33〕，揭示傳統文學理論的偏狹和傳統文學史書寫的缺失，從而重新建構視野更廣、範圍更大、聯繫更深、挖掘更精的新文學史。

二、點面結合的研究方法。文學中的語圖關係源遠流長、縱橫極深，若是

〔註 29〕邱丹，吳玉傑：《先鋒派文學作品封面圖像的「語圖互文」現象》，《遼寧大學學報（哲學社會科學版）》，2018 年第 4 期。

〔註 30〕吳曉東，毛尖，賀桂梅，姜濤，洪子誠：《文本．情感結構．跨媒介——關於〈我在哪兒錯過了你〉一書的對話》，《文藝爭鳴》，2020 年第 2 期。

〔註 31〕黃萬華，劉方政，馬兵：《經典解碼：20 世紀中國文學與電影》，北京大學出版社 2012 年版，第 47 頁。

〔註 32〕楊春忠：《論跨媒介文學理論》，《中國文學批評》，2015 年第 2 期。

〔註 33〕蔣述卓，李鳳亮主編：《傳媒時代的文學存在方式》，廣西師範大學出版社 2010 年版，第 74 頁。

面面俱到難免力所未及。因此，黃先生選擇重點突破，以點帶面，逐步展開。一方面，黃先生從語圖關係出發，深入到具體的文學個案進行專題研究，實現了點的突破。從而發現「臺灣、香港、海外文學中的語圖關係深深進入了文學自身的流變中，反映出藝術創新探索中寫實主義文學、現代主義文學、後現代主義文學、流行通俗文學、甚至女性文學、鄉土文學等文學形態的變化，構成文學史的重要內容」〔註34〕，發現並印證了語圖範式在臺港及海外華文文學研究中的作用；另一方面，面對浩大的語圖關係史，黃先生注重從封面、插畫、漫畫、影視等不同的媒介方式入手，對臺港的文圖關係及互動情況進行重點研究，然後擴展到對海外華文文學的研究。有效整合了文學史中文學與文化、作家創作與媒介生態、社會環境與文化資源的互動糾纏，實現了面的展開延伸。

三、注重語圖關係的雙向互動。語圖之間存在「異質同構」和「互文共生」的關係。第一，圖文的互動和媒介生態的完善會激勵作家的文學創作。而作品質量的提升也會加速其媒介方式的轉化和作品的改編，二者互相推動，相互成就；第二，語圖之間也存在齟齬和縫隙，會促使二者在差異中實現對照和深化。一方面語圖這兩種異質同構的表達形式存在著互證互補，有著 1＋1＞2 的功效。例如，黃先生在以臺港和海外華文文學為考察對象論證語圖關係的文學史意義時，就認為 20 世紀 50 年代的香港小說「與電影構成了一種互證互顯、互滲互補的格局，深化了現實主義的表現，拓展了其被廣大受眾接受的程度」〔註35〕；另一方面，「原先單一文學媒介中的小說意蘊在不同圖像媒介的『修正』中獲得豐富的解讀，甚至使得原著中原先被遮蔽、忽視的重要內容得以呈現，顯然極有文學史發揮其『經典化』功能的意義」〔註36〕。在這種文學和媒介的縫隙中，存在想像的空間和自由的張力，召喚和生發「象外之意」，在一定程度上使文學史變得更加精彩和厚重。

四、跨媒介的多重視野有助於提高審美感知和審美的現代性轉化。因為跨媒介需要通過「六根互用」、通感整合等方式進行轉化和理解，所以有助於其在聯通對比中實現審美轉換。一方面，跨媒介通過感覺的傳導、共情將不易感

〔註34〕黃萬華：《語圖關係的文學史意義——以臺港和海外華文文學作為考察對象》，《北京社會科學》，2013 年第 4 期。

〔註35〕同上。

〔註36〕同上。

知到的內涵通過其他一些形式表現出來，對象在圖文二者的互動和共同演繹中加深感知，獲得全方位、多層次的立體形象和感覺。黃先生等主編的《經典解碼：20 世紀中國文學與電影》便為學生讀者提供經典電影解讀，注重在文學與電影的交叉體驗中提高學生的審美感知力；另一方面，傳統文學經典可以通過新媒體實現跨媒介的現代性轉化，從而得到進一步闡釋。而作家也能在新的媒介中汲取靈感，豐富創作。正如黃先生所說：「都市多媒介因素，尤其是視覺媒介的發展，成為作家突破原有創作的局限，深化文學思考的一種自覺實踐。」〔註 37〕

總的來說，考察 20 世紀漢語文學中的語圖關係，關注印刷字體、廣播聲音、數字符號等媒介因素和報紙副刊、漫畫插圖、電影圖像等媒介形態，不斷思考文化環境、文學思潮與媒介生態的關係。有助於考察臺港澳及海外華文文學的自身傳統、發展演變和影響規律，推動文學史敘述的方式更加生動和多元。而且，「其表現出來的文學與圖像關係更緊密地聯繫著其自身的文學思潮、媒介傳播形態等」〔註 38〕。所以，黃先生注重通過語圖關係管中窺豹，在二者的縫隙和重疊中挖掘豐富的文學現象，並以此透視許多內在的文學本質。可以說，將語圖關係納入文學史建構的範式之中，有利於為構築一個無比龐大和完善的文學史添磚加瓦，並在二者的罅隙中尋找新的文學生長點和更豐富複雜的歷史可能性。

四、突圍、跨界與整合：重構文學史的策略和雄心

黃先生的研究一直在突圍，不管是突破自己既有的研究領域，還是拓展中國現當代文學史的文化空間與學術空間，也不論是突破時空的局限，還是跨越文學與圖像媒介的界限。黃先生一直在試圖建構整合一個宏通、完整，具有時間穿透性、空間整體性、媒介豐富性的大文學史框架。

中國現當代文學史的書寫到目前為止有三個大的階段。第一，是以《中國新文學大系》為代表的現代作家自己修史的階段；第二，1950 年代，王瑤在時代政治規約下寫作的《中國新文學史稿》被認為是「現代文學學科的奠基之作」；第三，大陸學界的文學史觀在 20 世紀 80 年代中後期發生轉變，掀起了

〔註 37〕黃萬華：《語圖關係的文學史意義——以臺港和海外華文文學作為考察對象》，《北京社會科學》，2013 年第 4 期。

〔註 38〕黃萬華：《文圖：文學史敘述的新途徑——以戰後至 1970 年代的臺灣、香港文學為例》，《福建論壇（人文社會科學版）》，2017 年第 10 期。

「重寫文學史」的浪潮，黃子平、陳平原、錢理群、陳思和、孔範今、洪子誠、謝冕等學者在八九十年代都提出了他們的文學史觀並付諸寫史實踐。但他們更多注重的是中國文學史「時間」上的整合，意在打通近代、現代、當代中國文學之間的隔膜。而黃先生所持「天、地、人」文學史觀念則力求打破時空界限，囊括「四海八荒」，著意把中國現當代文學拉入世界文化與文學的「世界中」，建構「20 世紀漢語文學史」。在把「大陸內地文學，還把臺灣香港、南洋華僑、海外華人的創作都整合到中國現代文學的範疇」這一點上，黃先生 2006 年獨立寫作的文學史《中國現當代文學》與 2017 年哈佛大學王德威主編的《新編中國現代文學史》有異曲同工之妙。黃先生在此領域辛勤耕耘多年，涉足的疆域十分遼闊，學術植被已十分豐茂。其文學史的建構主要有以下幾個特徵：

第一，以「各個擊破」的策略重構文學史。黃先生經過長達 40 多年的辛勤耕耘、開疆拓土，其文學史著作頗豐，其中包括《中國抗戰時期淪陷區文學史》（1995 年）、《新馬百年華文小說史》（1999 年）、《多源多流：雙甲子臺灣文學（史）》（2014 年）、《百年香港文學史》（2017 年）等文學史著作。他「力圖將中國大陸、臺港澳地區、海外華人社會三大板塊的華文文學整合成某種寬容、和解而又具有典律傾向的文學史的立足點」〔註 39〕。如今，他在對既有的中國現當代文學史進行各種反思、質疑和重構中，力求做到：縱向貫通，打通近、現、當代；橫向拓展，將媒介生態、臺港澳文學、海外華文文學等納入文學史領域，這與其所主張的「縱的繼承」與「橫的移植」相契合，不斷豐富了中國現當代文學史的內涵和外延。

為了彌補過去文學史由於文學觀念的偏狹而造成的殘缺，黃先生「一直想嘗試完成中華民族新文學資源的歷史整合」，以個人之力來「各個擊破，逐步逼近」〔註 40〕，完成對文學史的重新書寫。長期以來他按此策略逐一把各個文學板塊加以研究深化，並將其與中國現當代文學和「五四」新文學傳統進行整合。目前看來，其文學板塊已逐個擊破，文學史版圖已漸趨完整，20 世紀漢語文學總體格局初步形成，並開始有意識地建構起統一的、有內在聯繫的、具

〔註 39〕黃萬華：《中國和海外：20 世紀漢語文學史論》，百花文藝出版社 2006 年版，第 2 頁。

〔註 40〕黃一，黃萬華：《越界與整合——黃萬華教授訪談錄》，《世界華文文學論壇》，2019 年第 1 期。

有世界性視野和格局的大文學史。具體看來，他從 1980 年代開始，便將東北、華北、華中等淪陷區文學打通進行考察，後來又將淪陷區、國統區、敵後抗日根據地文學打通考察，從而加深了對戰時中國文學的認識。他 2006 年獨立撰寫的史著《中國現當代文學》即將臺灣文學、香港文學乃至海外華文文學納入 20 世紀漢語文學的整體視野中進行敘述，既重視共時性，又注重歷時性。將中國現當代文學在大陸、臺灣、香港和海外等不同空間維度「共時性」特徵，互為參照，統一整合，實有高屋建瓴的大氣象與大氣魄。並由此勾連融匯成一塊漸趨完整的文學版圖。正如王金城所說：「只有從時間、空間和精神的維度上，全面整合兩岸四地的漢語文學，才能全方位展現中國當代文學的完整風貌。」〔註 41〕後來，黃先生將此理念進一步拓展深化，將歐美澳等海外華文文學納入其中，建構了更大的文學史空間。

第二，既有時空的整體視野，又有超越「現在」的俯瞰「遠觀」。其文學史不僅是寫給當下人看的，更是給後來人看的，不限於一時一地，而是要「名垂青史」。強調以後來人的眼光，拋棄一切陳規陋習，進行無功利的遠距離觀照。黃先生認為：「也許再過數百年，人們來『接受』這段歷史，真的不再強調作家各自創作的居住地身份，他們看到的是『五四』後民族新文學的整體面貌。」〔註 42〕在此種文學史建構意識下，其文學史寫作呈現出與眾不同的獨特風貌，具有深遠的歷史眼光和經典意義。例如，其「20 世紀漢語文學史」的提出和嘗試便實現了時空的跨界整合。思考的對象「是過去一個世紀包括祖國大陸、臺港澳、海外各國在內的中文寫作」〔註 43〕。時間橫跨一個世紀，空間範圍也囊括了大陸與海外漢語所觸各地。重點在於，黃先生剋服了「中心與邊緣」、「自我與他者」的局限，開始把中國大陸也納入其內，將中華民族新文學拉入世界性文化與文學背景之中，在同一個文化體系和文學評價框架下進行統一考察，使之連為一個具有世界意義的整體。

雖然黃先生在《中國和海外：20 世紀漢語文學史論》中提出了這一文學史整體觀，但對於如何打通現當代，跨越 1949 這一具有和重要文學轉折意義的歷史節點的思路和方式還並不清晰。不過，黃先生在當時也已經在嘗試打通

〔註 41〕王金城：《導言：臺港澳文學》，張健總主編、王金城主編：《中國當代文學編年史．臺港澳文學》（上），濟南：山東文藝出版社 2012 年版，第 8 頁。

〔註 42〕黃萬華：《中國和海外：20 世紀漢語文學史論》，百花文藝出版社 2006 年版，第 1 頁。

〔註 43〕同上。

時間界壁了。在該書中，他便嘗試「弄清楚原本被分割的『現代文學』和『當代文學』的『兩種時期』文學間的內在聯繫」。〔註44〕而「戰後20年」的文學分期便將1949年包括在內，將現當代融為一體，使現代和當代有了歷史共性和整體感。值得注意的是，黃先生認為只需要「盡可能真切地去呈現20世紀華文文學起伏盛衰的面貌。也許沒有必要硬性將某一事件視為某一時期文學的起終，大體描繪出文學的起伏啟闔歷史，文學分期就豁然可見」〔註45〕。這是一種重視回到文學本身的文學史姿態。

在2018年出版的《跨越1949——戰後中國大陸、臺灣、香港文學轉型研究》中，黃先生這種跨界意識更為鮮明，理論和史料支撐也更為豐富有力。他超越單一的政治和社會意識形態，從大陸與兩岸三地文學的互為參照中考察中國現代文學血脈的延續，對戰後中國文學轉型中的作家選擇和跨越1949的詩歌、小說、散文、戲劇等各類文體的創作進行分章論述，全面挖掘和鋪展「跨越1949」的豐富性、多元性和複雜性。跨越了1949，現代和當代就不再是截然斷裂的不同歷史文化，而是緊密聯繫和脈絡清晰的文化與文學整體。他並沒有否認跨越「1949」的歷史轉折性意義，而是把這一時間節點（歷史與政治的分水嶺）「置於整個中國現當代文學傳統中理解跨越『1949』的文學轉型」〔註46〕。這就體現出一種獨特的文學史觀——既不否認特殊時間、事件的轉折意義，又不將其看作斷裂，只是將其看作文學史整體的一個重要部分加以考量，突出其在整體中的特殊地位。部分從屬於整體，而不是一把割裂時空的利刃。它融於整體性之中，又作為特殊代表不斷延伸拓展，形成一個範圍更大的研究格局。

第三，建構囊括「中國大陸」的文學史整體。黃先生思考「包括中國大陸在內的 20 世紀中華民族新文學的歷史整合」，超越以往將大陸文學排除在外的華文文學史，而將研究範圍拓展至涵括大陸、港澳臺、海外華文文學，即「20世紀漢語文學」。其實「任何一種學術命名，不僅僅揭示某類特殊的現象以引起關注，更預示著方法論與學術視角的更新，或者，暗示著某種被忽略的隱蔽

〔註44〕黃萬華：《學術旅行：一種不可忽視的教學資源》，《世界華文文學論壇》，2004年第1期。

〔註45〕黃萬華：《變動不居：20世紀華文文學的文化態勢》，《鐵道師院學報》，1999年第5期。

〔註46〕黃萬華：《跨越1949：戰後中國大陸、臺灣、香港文學轉型研究》，百花洲文藝出版社2018年版，第1頁。

關係以引起探討」〔註47〕。從「海外華文文學」到了「20世紀漢語文學史」，弱化了區域分界，強化了時空的整體性。從「華文」到「漢語」，即從大陸境外的中文文學到包括大陸文學在內的中華民族新文學，這一名稱的變化，說明黃先生研究視野的進一步擴大和文學整體意識的強化。他消弭和弱化了中心與邊緣的二元對立，強調的是一種將中國文學打入世界性語境中的整體性意識。

第四，關注「邊緣」狀態的文學傳統。在黃先生看來，文學史本身並無「中心」與「邊緣」之分，但有中心的文學史往往會遮蔽「數脈並存、當道並行」〔註48〕的多種文化力量，而使文學史敘述簡單化。因此，他從「反權力」、「反中心」、創造姿態和「越界」狀態等角度展現文學史的活力所在，竭力展現豐富而有層次，熱鬧而真實的文學史，「呈現出文學生態的豐富多樣性」。

第五、注重文學典律建構和文學經典的篩選。黃先生注重回到歷史情景和文學發展歷程中進行經典建構。如《多源多流：雙甲子臺灣文學（史）》「在經典性作家作品的選擇與闡釋上的確考慮到政治立場、文學類型、思潮流派、地域空間、藝術手法等方面的多元性」〔註49〕。《百年香港文學史》也注重「文學的經典篩選性和文學史的歷史傳承性」，注重在多種視野和標準下進行文學史的「多元典律」建構。

總的來說，突圍和越界不是進行簡單的綜合，而是突圍已有文學史設下的重重壁障和固化思維，先打破常規與界壁，從中尋找「原本貫通」的歷史文化血脈。這是常人所無法企及的勇氣和創新。長期以來，學界研究分期，深化分界，強調發展、演變甚至斷裂、突變。不斷地弱化文學本身存在的同一性和統一性，導致人為遮蔽、隱藏、抹去了文學內部諸多方面的聯繫。正如黃先生所說，「『五四』後的文學史敘述發生在無法徹底擺脫政治化的語境中，各種壁壘分明的界限隨之產生，文學歷史本身的多重性、流動性一度被單一化、凝固化，其豐富性自然消失」〔註50〕。黃先生能夠在這種集體無意識的學術氣候中撥雲

〔註47〕饒芃，費勇：《論海外華文文學的命名意義》，《文學評論》，1996年第1期。

〔註48〕黃萬華：《中國和海外：20世紀漢語文學史論》，百花文藝出版社2006年版，第10頁。

〔註49〕張軍：《評黃萬華著〈多源多流：雙甲子臺灣文學（史）〉》，《中國現代文學研究叢刊》，2016年第6期。

〔註50〕黃萬華：《越界與整合：從20世紀中國文學史到20世紀漢語文學史——兼論百年海外華文文學的意義和價值》，《江漢論壇》，2013年第4期。

見日，實在有大氣魄，有常人難及的耐心、堅韌、智慧和宏闊視野。他善於探幽發微，分析統籌，瞭望仰俯與低頭凝視，既遼遠有大格局，又深邃有細工巧。而整合的目的在於使之成為一個有機整體，一個流動的豐富的文學史空間，而不是一個貌似契合，實則離散，隨時可能拆卸的拼圖模型。這種整合，在於充分利用突圍的那一柄長槍，緊緊圍繞它開闢的一線通道，穿針引線，細密縫合。可以有重合疊層，也允許存在縫隙針眼，但講究針腳細密，紋路清晰而有層次。正如黃先生所言：「『越界』的指向是『整合』，這種『整合』是深入開掘和充分共享民族文學資源，它不抹殺各時期、各地區文學的豐富差異性，相反，它在多元性、差異性中理解中國現當代文學的本質，從而把握其整體性。」〔註 51〕

結語

縱觀黃萬華先生數十年的學術研究，除了鮮明的跨界意識外，還非常注重海外華文文學資源的開掘、提煉和經典化。他曾說：「現代文學的史料建設與研究的拓展、深入。這兩者的結合後來成了我做華文文學研究最重要的內在思路。」〔註 52〕另外，他也非常注重在文學史的書寫實踐中致力於相關文學史觀的調整和深化，對海外華文文學現狀、新質和發展趨勢的把握，更使得他在全局性視野中精準地把握了中國文學和世界各國華文文學的關係。而且難能可貴的是，其對臺港澳與海外華文文學的探尋，也透露著一種保存中華民族文化傳統的努力，並提供了處理文學的民族性和世界性關係的豐富經驗。可以說，其研究成果在學術視野的拓展、文學史料的搜整、歷史觀念的更新和書寫範式的建構等方面給人以豐富的啟示。其「綿密的學術叩問中隱含著學術體系或思想建構」〔註 53〕，使我們真切感受到漢語文學的「豐富差異性和歷史整體性」。

總之，黃先生尊重 20 世紀漢語文學「多源多流的豐富歷史褶皺」，以穿越百年歷史的時間縱深、橫越中外的世界性視野、貫通現當代的創新勇氣、跨越語圖媒介的多元視角，在一種宏通的整體視野中將現代和當代、兩岸和三地及海外華文文學融為一體，在一種「互為參照」的眼光和態度下，著力構建一部

〔註 51〕同上。
〔註 52〕黃一，黃萬華：《越界與整合——黃萬華教授訪談錄》，《世界華文文學論壇》，2019 年第 1 期。
〔註 53〕李鈞：《簡評黃萬華〈百年香港文學史〉》，《華文文學》，2018 年第 3 期。

厚重多元，具有全新意義的中華民族新文學史，為中國現當代的文學史書寫提供了新的向度和路徑，並通過對中國現代文學史、臺灣、香港、新馬、歐美澳等海外文學史的逐個擊破，分批納入 20 世紀漢語文學史的宏大文學版圖中，呈現了一個豐富、複雜、多元共生、多源多流的大文學史。實現了對中國文學現代性格局的深層次調整，展望出令人欣喜的文學圖景。

陸、治史者

在一項宏大的系統工程之中——試論金宏宇教授的版本批評和副文本研究

韓衛娟*

上世紀 80 年代末，樊駿在一篇長論文中將中國現代文學的史料建設稱之為「一項宏大的系統工程」，在文章的開頭，樊駿以他特有的緊迫感提到：「我們只是有了一個開始，一個雖然不錯卻過於遲緩的開始；今後的任務將更為繁重，難度會越來越大，時間也越來越局促。」〔註 1〕樊駿講到的「不錯」實則包括了我們學科在 80 年代再出發後最為激動人心的部分，諸如唐弢要求的「讀原始期刊」成為該學科研究生培養的共識，馬良春等人主持的「中國現代文學史資料彙編」等大型史料工程的展開，朱金順具有奠基意義的《新文學資料引論》在 1986 年的出版，更有大批在資料方面下過苦工的研究成果——如楊義翻閱 2000 多種民國原版書寫作的《中國現代小說史》——的問世。如果套用「衝擊—反應」模式的話，在改革開放不到十年的時間內，中國研究者從對西方漢學界成就的震驚到取得相比較的優勢，在表面的譯介熱和理論熱的背後，所憑依的正是資料建設的巨大成就：用科學的方法系統地整理文學史料，以便對中國現代文學的體量與品質有恰當的瞭解，對現代文學與近現代歷史文化的互動關係有更為透徹的領悟，在此基礎上歸納出我們學科特有的研究範式與美學範疇。此後，諸多研究者在資料建設領域取得了豐碩的成果，而金宏宇教授正是此系統工程中建樹卓越且具有自覺方法論意識的一位，討論

* 韓衛娟，文學博士，文學博士，北京聯合大學師範學院講師，研究方向為中國現代文學、語文教育。

〔註 1〕樊駿：《這是一項宏大的系統工程〔上〕——關於中國現代文學史料工作的整體考察》，《新文學史料》1989 年第 1 期，第 61 頁。

他的學術工作，大概也要在此學術脈絡中才能看得更為真切。

一、以文本闡釋為核心的資料學研究

從 2004 年至 2014 年的十年中，金宏宇陸續出版了《中國現代長篇小說名著版本校評》、《新文學的版本批評》和《文本周邊——中國現代文學副文本研究》三部著作，他的核心理念包括了前兩部著作歸納出的「版本批評」和《文本周邊》一書中較系統地展開的「副文本研究」的概念。簡單的說，前者借鑒了西方學界文本研究的傳統和思路，將對發表或出版後的文學版本的考察與闡釋稱之為「版本批評」。從技術上講，金宏宇所提出的版本批評，在傳統的版本學、目錄學、校勘學中吸收了諸多知識和方法，同時，也對八九十年代甚至更早的語言學、修辭學和寫作學的研究經驗有著充分的借鑒，而更為關鍵的操作示範，則來自於八十年代後陸續引入大陸學界的西方闡釋學和文本批評的理論，他借助了狄爾泰和海德格爾各自的「闡釋的循環」的表述，關注文本內部的局部修改與文本整體意蘊變化之間的互動，也關注文本（也包括後面提到的副文本）的修改與作者的心態、流行文風、文學規範、歷史語境及文化背景之間的雙向聯繫。〔註 2〕換言之，此前在新文學的版本問題上，研究者的重心在「辨章學術、考鏡源流」的整理考辨工作中，而金宏宇的重點則是在對校的基礎上，對版本差異的分析，進而考察寫作者的修改動因，探討讀者對不同版本的反應，總結中國新文學版本變遷的獨特規律，並將這些工作納入到文學批評和文學史編撰的基本考量之中。對於金宏宇工作的意圖和成效，若干研究者給出了極為恰當的評價，如廖久明在評析《新文學的版本批評》一書時就指出：

> 要想建構新文學版本學，除吸收書話類著作中的有用成分外，還必須從古籍版本學和外國文學理論中去尋找資源……新文學版本和古籍版本、中國文學版本和外國文學版本的差異畢竟很大，在進行研究時不可能照搬古代和西方，金宏宇便結合新文學版本的特徵從以下四個方面論述了新文學版本的理論問題：新文學的版本本性、異本的形成與修改、版本研究的角度與方法、版（文）本譜系及原則，這些方面的論述稱得上是一種系統性的理論建構。……（他）在進行理論歸納時常能切中肯綮……單就「新善本」而言，金先生

〔註 2〕金宏宇：《新文學的版本批評》，武漢：武漢大學出版社 2007 年版，第 48 頁。

> 提出了有別於古籍善本的原則:「對於那些作過思想跟進和藝術除魅式修改的作品，我們最好是回到它的初版本。對於那些出於藝術完善動機進行修改並確有藝術進步的作品，則應重視其定本。有些作品的『新善本』可能既不是初版本也不是定本，而是其中的某個修改本。」他認為「新善本」應該是「文本內容具有歷史真實性和美學價值的版本」，這些原則的確立，關涉文學批評、文學史敘述、文學經典化諸方面，關涉新文學研究的有效性和嚴謹性問題。〔註3〕

至於「副文本研究」則更接近於探索範圍的放大和操作方法的總結——將探討的對象拓展到版（文）本的周邊元素。這個概念和理論資源直接來源於法國批評家熱奈特的相關研究，既注意正文和副文本之間的聯繫，自然，也注意前文提到的副文本與整個歷史文化語境之間的關係。和其他史料工作者相比，金宏宇的關注點有所拓展，如他所提出的「書之九頁」，即是將以往文本解讀的重要信息來源——書籍的封面頁、插圖頁、扉頁和版權頁，拓展為封面頁、書名頁、題詞引言頁、序跋頁、正文頁、插圖頁、附錄頁、廣告頁、版權頁這九個方面，並分別提供了操作規範，將新文學的版本變遷呈現為一個作者創作、文化產業推助、同行互動、讀者回應、文化政策干預，再到作者或主動或被動地加以修訂的動態過程。〔註4〕這些設想充分吸納了西方文學理論的思路和方法，誠如金宏宇自己所言，「副文本研究的理論價值或作為文學研究的方法論價值只有在世界文學理論的歷史譜系中才能凸顯出來」，〔註5〕對於這一點，評論者如趙志軍、如程國君，或結合西方文學理論的發展史〔註6〕，或結合具體的批評方法「新文本主義」等〔註7〕，均有頗具針對性的分析。更難能可貴的是，金宏宇提出的新領域和方法具有拓展性，如《文本周邊》一書中的「廣告論」一章由他的博士生彭林祥主筆，而此後彭的博士論文《中國二十世

〔註3〕廖久明:《新文學版本問題研究的力作——評金宏宇〈新文學的版本批評〉》，《中國現代文學研究叢刊》2008年第1期，第181～182頁。

〔註4〕金宏宇:《新文學的版本批評》，武漢：武漢大學出版社2007年版，第314～323頁。

〔註5〕金宏宇:《文本周邊——中國現代文學副文本研究》，武漢：武漢大學出版社2014年版，第4頁。

〔註6〕趙志軍:《文學文本研究中的理論自覺——兼論金宏宇的「文學文本四維論」》，《東嶽論叢》2016年第6期。

〔註7〕程國君，鍾海林:《文本理論的拓展與實踐——評金宏宇著〈文本周邊〉》，《現代中國文化與文學》2015年第2期。

紀三十年代新文學廣告研究》對此領域更有深入發掘，並參與了錢理群主編的《中國現代文學編年史——以文學廣告為中心》一書的撰寫工作。提出的研究領域具有拓展性，提供的研究方法具有可複製性，這正是一個新的學術領域擁有生命力的重要標誌。作為一位在新世紀推出自己代表性研究成果的學者，金宏宇試圖在樸學研究和西方現代文本解讀方法之間建立某種互動關係，既改變前者應用範圍過窄、偏重文人趣味的局限，也針對後者在中國現當代文學研究實踐中一味炫技以自娛、言不及物的空疏學風，對研究者的功力與才情均有所希冀與要求。在一定程度上看，他所提出的研究方式提高了中國現當代文學研究這一學科的「准入」門檻，對於規範當下學風建設亦有極強的現實意義。

一旦將某位學者放入學科的傳承脈絡中加以考察，我們自然會想到哈羅德·布魯姆所提到的「影響的焦慮」的問題：如何獲得認可，並進而有所超越，這是每一位嚴肅的研究者所要面對的情境。金宏宇的研究從一開始便得到了學界的充分關注，當他的博士論文《中國現代長篇小說名著版本校評》在2004年出版時，此一領域的先行者朱金順教授便特別撰文予以鼓勵，尤其肯定了金宏宇在資料工作中所下的苦工：

> 《校評》第一章總論中，有一份《50年代至80年代初長篇小說修改本一覽表》，我們不可輕看了這個表格，作者統計了五十四部作品（一部作品重複修改，重複計算）的修改情況，雖則簡略，也見出了研究的功力。從佔有材料進入研究，這是紮紮實實的做法。如此精細地瞭解各種修改本的修改情況，為作者深入研究長篇版本，打下了堅實的基礎。〔註8〕

在《版本校評》和此後的《版本批評》兩書中，金宏宇對《倪煥之》、《家》、《子夜》、《駱駝祥子》、《圍城》、《桑乾河上》、《青春之歌》、《創業史》、《雷雨》、《屈原》、《天國春秋》、《風雪夜歸人》、《蝕》、《八月的鄉村》、《無望村的館主》、《怨女》以及《在延安文藝座談會上的講話》這十七部作品的主要版本變化和改寫情況進行了極為細緻的分析，這種苦工打不得絲毫的折扣，正是一位學者進入資料研究這一領域的准入證。但朱金順同樣注意到了金宏宇的工作與此前史料研究者的差異，並坦率地點明了其中的問題導向：

> 金宏宇先生對八部名著的部分版本，進行了對校，寫出了「對

〔註8〕朱金順：《長篇小說版本研究的一部力作——金宏宇〈中國現代長篇小說名著版本校評〉讀後》，《中國現代文學研究叢刊》2005年第3期，第280頁。

校記」。但作者這些「對校記」，並非傳統的一般意義上的對校記，而是對校後對修改情況的概括介紹。……換言之，作者這些「對校記」是不能被版本研究者使用的，它僅僅是向讀者介紹了一部名著某次修改的情況……

……評價一部作品是初版本好，還是修改本好，往往也是見仁見智，難以得出統一的結論。金宏宇校評八部名著的修改，沒有從上述兩個方面入手，而是從另一個角度入手，在對校的基礎上，闡述作家修改的目的，評說他們為什麼這樣改。由於作者掌握了大量的修改實例，校評是有說服力的，而且往往能富有新意，能給人以啟示，所以我認為，《校評》是成功的；這種版本研究，有自己的特色。

但是，我也想說明，《校評》中的分析評論，都不能表明是對八部名著修改問題的結論，也許還能有人做另樣的校評。金先生的校評，是能夠成立的一家之言，它們對於廣大讀者和研究者，極有參考價值。我所以這樣說，覺得有兩點理由：第一，作者在《校評》中，對八部作品僅僅進行了部分版本的對校，「對校記」中表明的，僅是部分修改的情況。而作品的修改，實在是太複雜、太瑣細了。試想，如果做其他的對校，選取其實例，不是也可以做出其他評述嗎？版本研究的天地甚廣，非如此對校和評價，可輕易完成呢！第二，修改的複雜情況，它所表現的客觀含義，也不是容易歸納、簡單釐清的。在某個年代，作家要修改他的作品時，他是怎麼考慮的？為什麼如此改動？修改後產生了什麼效果？如此等等諸多問題，並不單純，也許可以做多種推想和評說。因此，對《校評》各點，容或有其他看法呢！〔註 9〕

純就資料整理而言，此前湖南人民出版社推出的桑逢康的《〈女神〉彙校本》（1983）、黃淳浩的《〈文藝論集〉彙校本》（1984）、王錦厚的《〈棠棣之華〉彙校本》更具有典型意義，即以最早的桑作論，他以《郭沫若全集》第一卷中的《女神》為底本，即以作者生前最後的改定本為基礎，將此前各版本收集齊

〔註 9〕朱金順：《長篇小說版本研究的一部力作——金宏宇〈中國現代長篇小說名著版本校評〉讀後》，《中國現代文學研究叢刊》2005 年第 3 期，第 281、284～285 頁。

備，細加校勘，對於讀者（研究者）而言，讀桑逢康的資料整理，可以看得出郭老的作品是如何一步步發展為最終面貌的。自然，朱金順對此「百川歸海」式的處理方案有他不同的意見，即：此做法利於普通讀者而非專業研究人員，朱認為如選 1921 年泰東書局的初版本為底本，將此後的種種修改一一開列出來，「順流而下」，更能彰顯版本變遷和作者思想變化的軌跡。彙校而兼有評論的，則可以用王得後的《〈兩地書〉研究》為例，但王得後的讀後記更近於對通信中涉及到的問題的歸納分析，並引魯迅生平中的其他資料加以類集，用他自己的話來說，即「這些筆記都處在『述而不作』的階段」。〔註 10〕

總之，彙校是對版本流變情況考察的有效方式，如能對現當代全部重要作品加以普查，必可大大提升研究者對學科基本史料的熟悉度，而隱藏於文字之後的作者隱秘心理和人事糾葛也將顯露過半。只可惜此一工作起手便遇到版權困境，而如巴金等當時在世的作家又明確反對給自己的作品出版彙校本。至此，彙校作為研究手段，從「臺前」轉入了「幕後」。以朱金順對金宏宇《校評》一書的分析看，金宏宇的熱情所繫並非版本本身，而在於修改的類型及動因。《校評》的後記中，金宏宇調侃自己與妻各持一版本校讀如「冤家相對」後，感慨希望能有一現成的彙校本，亦可作為金的興趣點並非資料整理本身的佐證。〔註 11〕作為 60 年代生人，而又在讀書期間趕上了「重寫文學史」熱潮的一代研究者，所有寂寞工作的背後，都有重建文學史範式的宏大抱負。

二、版本意識與史論研究標準的提升

從形式上看，金宏宇所做的校評和版本批評與新紅學的做法更為接近。他在不同文章中曾多次引述過張愛玲《紅樓夢魘》的序言。張提到自己從事紅學研究的資格在於熟悉作品，「不同的本子不用留神看，稍微眼生點兒的字自會蹦出來」〔註 12〕。《紅樓夢魘》一書的目的也不在於對抄本系統進行彙校，而是對曹雪芹寫作的藝術有所體悟和闡發，如序言中所言，「從改寫的過程上可以看出他的成長，有時候我覺得是天才的橫剖面」。至於例子，《紅樓夢魘》中隨處看見，如——

> 賈母等捧著寶玉哭時，只見寶玉睜開眼說道：「從今以後，我可

〔註 10〕王得後：《〈兩地書〉研究》，天津人民出版社 1995 年版，第 247 頁。

〔註 11〕金宏宇：《中國現代長篇小說名著版本校評》，人民文學出版社 2004 年版，第 331 頁。

〔註 12〕張愛玲：《紅樓夢魘》，哈爾濱出版社 2003 年版，第 1 頁。

不在你家了……」（全抄本）

賈母等正圍著他兩個哭時，只見寶玉……（甲戌本）

賈母等正圍著寶玉哭時，只見寶玉……（庚、戚本）

張愛玲指出：

「捧著寶玉哭」是古代白話。鳳姐與寶玉同時中邪，都抬到王夫人上房內守護。只哭寶玉，冷落了鳳姐，因此改為「圍著他兩個哭」，但是分散注意力，減輕了下句出其不意的打擊，因此又改為「圍著寶玉哭」。〔註 13〕

自然，這是金宏宇歸納的越改越精密的情況，顯示的是一個天才成長的軌跡，如他對比不同版本的《圍城》結尾時便指出：

《圍城》最後結尾那一段的第一句，在初刊本和初版本中都是：

那只祖傳的老鐘噹噹打起來，彷彿積蓄了半天的時間，等夜深人靜，搬出來一一細數：「一，二，三，四，五，六。」

定本改為：

那只祖傳的老鐘從容自在地打起來，彷彿積蓄了半天的時間，等夜深人靜，搬出來一一細數：「當、當、當、當、當、當」響了六下。

金宏宇評論說：「鐘『當當』打起來只有音響，而能『從容自在地』打則有了生命；鐘不能數出數字，改用象聲詞『當』，既精確又響亮可感。經過不斷地潤色，到《圍城》定本，小說語言可謂爐火純青了。」〔註 14〕

《紅樓夢魇》中另有一種情況，通過彙校，去理解作者文字之外的考量，如該書序言中提到的「此外也有些地方看似荒唐，令人難以置信，例如改寫常在回首或回末，因為一回本的線裝書，一頭一尾換一頁較便。」〔註 15〕這在金宏宇的《版本校評》和《版本批評》兩書中同樣有大量類似的例子，如談郭沫若的歷史劇《屈原》從初版本到群益本的修改時，特別指出在第一幕開頭屈原和宋玉的大段對話之前、之中，加入了嬋娟的兩次無言的出場：抱琴置亭和進水侍屈。對這兩處細微處的添加，金宏宇從演出的效果和劇作的主旨兩個層面，做了頗為精彩的闡發——

〔註 13〕張愛玲：《紅樓夢魘》，哈爾濱出版社 2003 年版，第 81 頁。

〔註 14〕金宏宇：《中國現代長篇小說名著版本校評》，人民文學出版社 2004 年版，第 194～195 頁。

〔註 15〕張愛玲：《紅樓夢魘》，哈爾濱出版社 2003 年版，第 2 頁。

> 初版本寫這些對話（尤其是屈原的話）固然精闢、生動，但只是兩個男人的對話，篇幅（時間）又太長，表演時略顯單調、呆板……（群益本）嬋娟的兩次出場，雖未出聲，卻給劇情帶來了變化，帶來了動感。她抱琴、荷瓶的嬌美形象也給舞臺帶來了生氣和詩意。更重要的是，嬋娟先出場而後有屈原朗誦《橘頌》，突出《橘頌》與嬋娟的精神聯繫。嬋娟本是《橘頌》的象徵。這種聯繫於初版本是在劇作的結尾才揭示出來：屈原說《橘頌》倒是嬋娟才「受之無愧」並將寫有《橘頌》的帛書展布於嬋娟的屍身上。讀群益本讀到此結尾處則讓人能回溯開頭，悟出嬋娟出場的意義，重新照亮劇本開頭。同時，這種首尾意義上的呼應也加強了劇本整體結構的縝密。〔註 16〕

在閱讀感覺上，金宏宇所做的「版本校評」和「版本批評」如張氏的紅學研究著作，可讀性極強。討論某作品，先以譜系圖的方式將涉及到的重要版本（非全部）和承續關係列出，以便讓讀者對於版本的變遷情況一目了然；對於所有字詞方面出於規範化考慮所進行的修改，也均集中羅列加以說明——這是文章背後的彙校工夫，在文中呈現時只是冰山一角，卻得之不易。金宏真正著力並分析得神采飛揚的，多在文本的改動具有藝術層面或社會歷史層面的意蘊處。如分析《倪煥之》，強調的是「從藝術修改到語言規範化」，分析《子夜》關注的是「面對不同時代的禁忌」，討論《家》著眼的是「在繁複修改中的翻新」，評《駱駝祥子》集中於「簡化處理和潔化敘述」，談《青春之歌》看重的是「對知識分子的改敘」……借助他的分析，反觀以往的文學批評和文學史寫作時，很多問題不啻當頭棒喝。如他批評王一川在《中國現代卡里斯馬典型》中對林道靜這一角色的分析，王認為林道靜有深重的原罪感，金宏宇則指出，這個結論只可能是根據增補了 11 章之後的《青春之歌》的再版本或定本得出的，尤其是新增的農村生活的 8 章中，作者楊沫「有意識地增加了林道靜自我懺悔、自我批判和極度謙卑的描寫內容，甚至 8 次出現了贖罪一詞」；但初版本的林道靜並非如此——批評家自可成一家之言，但如討論時對所用版本不加限定，再雄辯的結論也會成為無根之木——金宏宇將此情況稱之為「版本任選但結論統指」。此外還有「版本互串而批評含混」的情況，如 40 年代左翼批評家對《圍城》初刊本、初版本的批評，很大程度上正是因為錢鍾書不加節制的插科打諢，使作品有「肉文」之嫌所致。而新時期讀者看到的則是一個

〔註 16〕金宏宇：《新文學的版本批評》，武漢大學出版社 2007 年版，第 122 頁。

經過精雕細琢後的定本，自然很難對此前的左翼批評抱有理解之同情。對巴金的《家》中複雜的三角戀「隱性結構」的討論，更是在版本變遷和閱讀記憶之間揭示出一個帶有遲滯性和雜糅性的讀者接受進程，展現了研究者對作品的精熟和敏銳的辨析能力。〔註 17〕總之，對當下研究中存在的諸多問題，金宏宇的工作是一種有效且見功力的回應，精彩的例子很多，這裡不可能一一贅述，但毫無疑問，此項工作切切實實地展現出他的版本批評理論的力量和價值。

文學評論如此，文學史的寫作同樣有類似的問題，金宏宇反思 20 世紀 80 年代後期「重寫文學史」這一宏大工程時，便一針見血地指出，受當時時代思潮所限，研究者關注的只是「文學」，卻沒有能夠真正用史的眼光去看待文本。文學發展的歷史，正隱藏於它的版本變化之中。〔註 18〕他提到陳建華曾撰文討論過「革命話語」在中國語境之中的流變，但具體到某一部作品時，如茅盾的《蝕》，其描寫之核心問題若「革命」、「性」等概念，在不同時期的版本中亦有所變化，有些變化大到足以改變我們對於作品的理解和評價。〔註 19〕在文學史的寫作過程中，對於此類版本的流變，必須有一個具體的、歷史的、動態的交代，以便使接下來的解讀有的放矢，避免硬傷。在操作規範上，金宏宇認為，討論具體問題，所據版本應該有精確所指；對作家作品下整體的文學史論斷前，則應兼述各重要版本，以免一葉障目。他稱讚了鄭振鐸的《插圖本中國文學史》中討論作品前先敘述其版本淵源的做法，認為其穩妥且有科學精神，在現代文學史的編撰中應該加以借鑒。〔註 20〕

把金宏宇的這一看法，置於建國後文學史的寫作脈絡中，更可看清它的進步意義所在。眾所周知，此前所稱道的著史時的版本選擇標準出自唐弢。1961 年，唐弢受命組織《中國現代文學史》的編寫時，「約法三章」的第一條便是「必須使用原始材料，特別強調看當時的期刊，要把歷史面貌寫清楚」〔註 21〕——這是初刊本。退而求其次，也要去看初版本。當時參與寫作組的萬平近老師在回憶中談到：

〔註 17〕金宏宇：《新文學的版本批評》，武漢大學出版社 2007 年版，第 56～57 頁。
〔註 18〕金宏宇：《中國現代長篇小說名著版本校評》，人民文學出版社 2004 年版，第 35 頁。
〔註 19〕金宏宇：《新文學的版本批評》，武漢大學出版社 2007 年版，第 47 頁。
〔註 20〕金宏宇：《新文學的版本批評》，武漢大學出版社 2007 年版，第 60 頁。
〔註 21〕唐弢：《中國現代文學史的編寫問題》，《唐弢文集 9》，社會科學文獻出版社 1995 年版，第 372 頁。

> 為真實的論述作家作品的歷史地位及社會影響，唐弢同志提倡查閱作家作品的初版本。他認為，作家思想有了發展變化，當然有權脩改自己的作品，但編寫解放前的現代文學史，如果只依據建國後經作者修改的版本，就可能失真。〔註22〕

唐弢只強調初刊、初版，自然並非完全對版本流變的價值無認識。1981年在香港中文大學的會上講《四十年代中期的上海文學》時，談《圍城》，所引的文字便是80年重新出版時的修改本。〔註23〕作為當年參編《文藝復興》雜誌的成員，他對於錢鍾書初刊本的情況自然是有所瞭解的，但引文用修改後的，最主要的原因恐怕也是因為修改本在藝術上更為完善合理。唐弢強調初刊初版，是在一個「以論代史」被認為是天經地義的時代，作家的修改，尤其是建國後根據新的政治形勢的修改，更被視為一個進步與否的問題，無可討論。等到現代文學的第二代第三代學者著史時，嚴謹者秉持唐弢等人的原則，盡可能用初刊初版，唯有涉及到的作品修改過大、以至評價懸殊時才會簡單介紹版本情況；而純為稻粱謀者則不加甄別，隨意使用，其結論硬傷不斷。至於上世紀80年代，雖是思想解放的時代，但其阻力亦不可低估，唐弢撰文支持「重寫文學史」就冒著極大的風險。〔註24〕研究者將目光集中於「文學」，強調它的人文屬性，也是時代使然。自然，對於海外的若干研究者，如夏志清、如司馬長風等，因資料所限，出現版本錯用的情況我們也唯有抱同情之理解。但總而言之，金宏宇教授在反思此前文學評論和著史的時候，能夠明確地指出此技術和觀念層面的問題，並憑藉其紮實的史料工夫和理論建構能力，提供極具針對性的操作方案，這對於本學科而言是一個巨大的進步，說明現代文學的研究者並非固步自封，而是在代系演進中有推陳出新的勇氣和能力，能夠針對八十年代學科再出發時存在的重人文、重思想，輕功力、輕規範的問題，著力加強文學研究的科學性和嚴謹性，這一點是如何稱讚都不為過的。

三、樸學研究方法現代轉型的新探索

金宏宇教授不僅有著史的興趣，更有理論建構的熱情。他的版本批評和副

〔註22〕萬平近：《務實求真，光華長存——憶唐弢同誌主編〈中國現代文學史〉》，《新文學史料》1993年第1期，第113頁。

〔註23〕唐弢：《四十年代中期的上海文學》，《文學評論》1982年第3期，第106～108頁。

〔註24〕汪暉：《「火湖」在前——唐弢先生雜憶》，《讀書》1992年第6期，第63頁。

文本研究，就理論層面而言，對此前的史料研究理論有何推動呢？或者更具體的說，他和新文學資料學理論的奠基者朱金順教授的思路有何差別？一言以概之，知識結構不一樣，學術目標不一樣；而這兩者背後又隱含著時代的要求不一樣。

朱金順所著《新文學資料引論》，思路和方法都基本來自於傳統的樸學體系。在他的這本書出版之前，馬良春等人所主持的大規模的現代文學資料整理項目已經啟動，馬良春本人曾撰文呼籲建立「中國現代文學史料學」，在這篇文章中，馬良春談的主要是該學科分支的意義和工作範圍，至於如何整理資料，只是一句帶過，「檔案、文獻、版本、目錄的校讎、考辨等方面的知識」。〔註 25〕此時資料工作者所憑依的方法，其實正是被新文化運動第一代知識分子改造後的乾嘉學派的路子，不外乎目錄、版本、校勘、考證、輯佚等工作。這些方法為唐弢王瑤他們第一代現代文學的研究者所熟悉，此後在工作教學中，言傳身教，推及到該學科的第二代、第三代學者。但乾嘉學派的方法所針對的是古籍，朱金順則根據新文學的特點，以及此前文獻整理工作的經驗，加以總結歸納，如當時的評論者藍棣之所言，「參照我國清代乾嘉以來樸學的傳統方法，結合著新文學史料的成就和經驗，嘗試建立一個新文學資料清理和研究的系統」。〔註 26〕在 1986 年出版《新文學資料引論》一書中，他將各種操作規範條分縷析加以講解，對於當時史料整理工作的開展和樸實學風的繼承，起到了極為重要的作用。80 年代一度對西方文學理論推崇太過，朱金順在給馬良春的信中便有針對性地提到：「今天有不少人在介紹、研究西方的研究方法，這我不反對；但我認為中國傳統的研究方法，清代樸學精神，在我們現代文學研究中，也是應予繼承的。他們爬梳史料、考據、校訂的本領，也應當學習和發揚。」〔註 27〕只要翻開《新文學資料引論》一書的「參考引用目錄」部分即一目了然，該書的理論方法悉數來自梁啟超、章學誠、葉德輝、錢基博、張舜徽、陳垣等人的著作，而解讀的材料除現代文學各時期的作品集外，事例多援引唐弢、阿英、黃裳、朱正、丁景唐、姜德明等人的書話和考證文字。理論資

〔註 25〕馬良春：《關於建立中國現代文學「史料學」的建議》，《中國現代文學研究叢刊》，1985 年第 1 期，第 82 頁。

〔註 26〕藍棣之：《繼承傳統的研究方法——讀朱金順〈新文學資料引論〉》，《中國現代文學研究叢刊》1987 年第 1 期，第 242 頁。

〔註 27〕馬良春：《一部有益於中國現代文學資料建設的理論著作——序〈新文學資料引論〉》，《新文學史料》1986 年第 4 期，第 153 頁。

源決定了此思路重考訂、重彙校、重辨偽，重整理，但相對不重闡釋——因為發揮議論，在樸學研究者看來是資料整理之外的工作。

或者我們也可以從另一個角度來談。古人的述和作是分開的，史料整理近於「述」，而著書治史才是「作」。沿用到現代學科體系下，兩者之間存在某些模糊的領域，如唐弢等人所寫書話：它有史料保留整理的初衷，也有散文創作的藝術美感，自然，也有充滿靈性的論史批評的風致，但古代文學學科中，札記、評點都是人們的公認的研究成果；而在現代文學學科，此類文字卻處於身份曖昧的狀態中，即使寫作者本人，也往往將其視為某種寄性情的媒介，而非學術研究的本職工作。唐弢的《晦庵書話》中的很多事例，無論朱金順的《新文學資料引論》，還是金宏宇的《文本周邊》中都有所引用，如談郁達夫的作品《饒了她》，講得言簡意賅，有時代背景，有藝術特色，能見作家性情。唐弢等善寫書話、會寫書話的人留下的資源是個「富礦」，但裏面的材料如何用一種切合現代學科的方式利用起來，這卻是一個現實中的難題。治資料者倘堅持述而不作，無異於空守寶山而不加利用。

從更根本的意義上講，現代文學之所以現代，是和它的西化背景密不可分的，正如金宏宇所言：「中國現代文學無論是版本構成（物質的具體的成書形態）還是文本構成（語言抽象體）等都是效法西方文學的」，〔註 28〕如韋勒克、沃倫、伍爾夫岡等西方文論家，在其著作中均有專門的章節來討論西方文學研究的版本問題，但中國史料學界對此反應較為遲緩，很多研究者將史料和理論視為兩端，缺乏對史料理論的拓展和更新的欲望。其實，唐弢那代學者樸學功底雖深，但對於西方理論的學習卻從未忽略，細讀唐弢 80 年代中後期所寫文章，單看注釋來源，吸納西方文論的熱切之情躍然紙上。此後的學者，如朱金順、陳子善這代，更是在與西方學界的對話中，將乾嘉學派的考證工夫近乎做到了極致。第三代學者中亦有理論創新的成功範例，如楊義，他花了十年工夫寫作了三卷本的《中國現代小說史》，而此後有意識地參照唐弢的書話，用寫小說史查資料時積攢下來的大量封面、插圖、手跡、照片等圖像資料，寫了極具開創意義的《中國新文學圖志》一書，將現代文學的圖像視為一個具有獨立研究價值的領域；接下來他又提出了「重繪中國文學地圖」的學術框架，圖志學和民族學、地理學、文化學被視作四大研究途徑，展現出極強的領域拓展能

〔註 28〕金宏宇：《文本周邊——中國現代文學副文本研究》，武漢大學出版社 2014 年版，第 3～4 頁。

力和理論建構意識。楊義對於文學中的圖像始終有一種「情懷寫作」的感受，和當下圖像史學中更偏重考證的路數不盡相同，正可看出唐弢一脈的影響，此後在三聯重版為《中國現代文學圖志》時所寫後記，也特意引了錢鍾書的《窗》，意寓通常意義上的文學研究是登堂入室，需鄭重其事；而圖志是窗，又多了放飛思緒、安頓情致之效。〔註29〕此正是傳統樸學領域進行現代理論轉型、而又保留自身個性的成功範例。

更年輕一輩的學者，自然有著更好的後發優勢，況且改革開放已有四十多年，我們的對西方學界的瞭解程度非80年代可比，充分學習吸納西方文學傳統中一切有益的經驗和方法，結合我們熟悉的樸學路徑，推陳出新，既能整理辨析史料、也能深入闡發史料；既有歷事過眼的「硬件」，也有解析運用的「軟件」，這才是現代文學研究者、尤其是史料工作者的正途。金宏宇的「版本批評」和「文本周邊」的思路，所應對的正是這些問題。

《新文學的版本批評》一書的總論中，金宏宇雖從版本學、創作學、傳播學和闡釋學四個方面加以分析，但著重點和此後的分析示範均以「闡釋學的角度」為核心，認為這是真正能突出這些版本的文學版本特性的切入點。《文本周邊》中則將熱奈特的副文本理論置於中國現當代文學的語境中重新加以定義：

> 「副文本」是相對於「正文本」而言的，是指正文本周邊的一些輔助性的文本因素。主要包括標題（含副標題等）、筆名、序跋、扉頁或題下題辭（獻辭、自題語、引語等）、圖像（封面畫、插圖、照片等）、注釋、附錄、書刊廣告、版權頁等。這些副文本因素不僅寄生於一本書（熱奈特主要是從「書」的角度看），也存在於單篇作品；不僅是敘事性作品的構成因素（熱奈特關注這些文類），也可以成為抒情性的詩歌和散文的組成部分；不僅單行本的文學作品中環繞著副文本，文學期刊中也有類似的副文本（熱奈特只談書，實際上期刊中也有圖像、廣告等，還有相當於序跋的發刊詞、編者按以及補白等）。副文本是作品版本和文本的有機構成，參與文本意義的生成和確立；副文本是理想讀者閱讀正文本的導引和閾限，是闡釋正文本的門徑（或陷阱）；副文本為正文本提供視界和氛圍（或遮蔽），是正文本的文學生態圈乃至歷史現場。即便分開來看，副文本也是

〔註29〕楊義主筆：《中國現代文學圖志》，三聯書店2009年版，第588～589頁。

> 正文本的互文本，它與正文本形成重要的跨文本關係，是跨文本關係中最顯見最具在場感的一種類型。〔註 30〕

在金宏宇看來，上述因素可以成為研究者考辨材料、解讀作品的最佳入手點，可以在此前樸學工作的基礎上有所進展。我們試舉一例，看看朱、金兩代學者在研究重心上的差異。朱金順在《新文學資料引論》中談善本問題時，舉了蕭軍《八月的鄉村》的例子：

> 拿蕭軍《八月的鄉村》說，解放前就有多種版本，奴隸社一九三五年八月初版毛邊本，一般被寶重，視為新善本。之後，有作家書屋本、大連市文化界民主促進會本、魯迅文化出版社本多種，以其易得，又是翻印本，怕多不以善本視之；而專門研究此書版本的人，則往往以其為善本了。此書解放後幾次印行，為易得之通行本，沒人視為善本書。〔註 31〕

金宏宇《新文學的版本批評》一書中的第十章，討論的正是《八月的鄉村》一書的版本流變，他所考察的版本包括了朱金順所說的初版本，但忽略掉中間所有的翻印本；對於建國後印行的本子，則選擇了 1954 年人民文學出版社的「重排本」和 1980 年「重印本」。金宏宇同樣肯定該書初版本的價值，但認為建國後的兩個重印本有重大的研究價值。他指出 1954 年的重排本經過了作者本人的較大修改，刪去了「小說《目錄》，魯迅先生的《序言》，初版時作者所寫的《書後》（1935 年），再版時的《再版感言》（1936 年），《奴隸之愛》詞曲等均被取消，只收錄了小說正文部分與《後記》部分。」正文的修改較初版本有 600 多處，具有釋義層面的包括了「歷史敘述、民族主義意識、性（潔化）問題、人物的貶義修辭等」——這些問題是我們瞭解的建國後作品修改的通例。金宏宇進一步分析到，之所以刪掉魯迅的序言這一副文本，是因為 1948 年發生於東北的「兩報之爭」和此後對蕭軍的批判運動，該處理方式隱含著對於蕭軍的政治地位和《八月的鄉村》的文學地位的削弱。1980 年改革開放後，人民文學出版社為《八月的鄉村》出版重印本時，蕭軍做法是基本沿用了 1954 年的重排本，但將此前刪去的《序言》、《書後》、《再版感言》、《奴隸之愛》的詞曲等悉數恢復，自然也保留了 1954 年版的《後記》，並增加了 6 副插圖，且

〔註 30〕金宏宇：《文本周邊——中國現代文學副文本研究》，武漢大學出版社 2014 年版，第 4 頁。

〔註 31〕朱金順：《新文學資料引論》，北京語言學院出版社 1986 年版，第 116 頁。

收錄了魯迅的《三月的租界》一文——從某種程度上說，他在堅持個人意志和接受共和國的文學規訓之間，選擇了一個頗為耐人尋味的節點。〔註32〕金宏宇在分析此類作品校勘方法時指出：

> 古典文獻校勘……終究應該往恢復原著的路上走。現代文學校勘當然可以以復原為目的，但這更適合於少有文本變異的作品。對於被作者不斷修改的作品也可以恢復其初刊本的「原」、初版本的「原」、再版本的「原」以及定本的「原」，但往往沒有一個終極的「原」可復。如果一定要以其中的一個文本的「原」為目標，如初版本或定本，那必然就要捨棄作者的許多改變文本意義的修改和一些完善藝術性的修改所造成的異文。〔註33〕

金宏宇的這個校讀示例，既包括了傳統的彙校的成分，讓我們對於版本的狀況和價值均有所瞭解，也彰顯了他提倡的從副文本（這裡突出的是序跋）著手考察版本變遷的有效性，副文本的變化對於研究者考察作品的評價史、作者的心態史都有直接的效用，大大擴展了文學作品的解讀空間；經此考察辨析，我們自然能夠明白《八月的鄉村》初版本的價值和特點，但此後版本變化及其附著的歷史文化意蘊則更令人著迷。推而廣之，我們也可以想到，無論此後的出版還是著史工作，選擇哪一個版本收錄或分析，這實際是一個需要根據工作指向有所權衡的事情。如蕭軍的這部代表作，如出版「現代文學經典文庫」，自然是初版本為佳；若是「共和國文庫」等突出意識形態色彩的，就應在建國後的兩個版本有所選擇。同樣，著史時，依照哪個版本進行敘述，亦應根據該文學史的「現代性」定義和所談時段綜合加以考量。總之，對於研究者而言，具有版本變化的意識比能選出最好的那一個更為關鍵。

結語：資料成果總結與未來的可能

在出版了三部沉甸甸的專著後，近年來，金宏宇針對考據、版本、校勘、目錄、輯佚、辨偽等問題有發表了一系列長篇論文。這些文章兼有理論建構性和學科總結性。學術思路是在此前工作基礎上的進一步提純和歸納，相較於著作中較為「先鋒」性的探索，這批文章更貼合樸學體系內的具體領域和方法，

〔註32〕金宏宇：《新文學的版本批評》，武漢大學出版社2007年版，第229～246頁。
〔註33〕金宏宇：《中國現代文學校勘實踐與理論建構》，《中國現代文學研究叢刊》2017年第3期，第49頁。

將西方文論中的相關部分作為拓展性支撐，在論述上顯得更為縝密且內斂；而所談案例，前及對清代樸學脈絡及五四時期胡適、魯迅等人示範性學術操作的重新梳理，後及 80 年代至今各領域的優秀成果。此前，無論朱金順的資料引論，還是樊駿的史料建設文論，所談時段均限於 80 年代，金宏宇則將自己同時代學人乃至更年輕的研究者的優秀成果納入到自己的理論框架之中，展現出明晰的歸納方法、總結學科，建立較為完備的「中國現代文學資料學」的意圖。

如在《考證學方法與中國現代文學研究》中，金將考證定位於「述學」，認為「考證性研究不逞於哲學的思辨和文字創作的才情，而重在以豐富的學識對史實與真相進行敘述、陳述」，並引袁枚的話，認為「述」盡可旁徵博引（涉及材料自然要有相關性），無須計較於文采〔註 34〕——看似與此前立場相悖，但實際前文已經遍數當下文學考證工作的諸多堅實的成果，所表達的無非是經過數十年的發展，「資料學」的方法和意識已經深植於我們學科的肌體之中——這個「資料學」和樸學體系有血脈關聯，又經歷了西方理論資源的鎔鑄——無需旁依其他來彰顯自己的價值。談目錄整理，既高度評價 80 年代中國社會科學院文學所主持的《中國現代文學史資料彙編》項目，稱其為「新中國歷史上空前絕後的大規模的現代文學文獻整理」，「從目錄史的角度說，那是一次類似官修目錄的學術活動」，也稱讚了新時期以後很多個人的研究成果，如劉福春以一己之力編寫的《中國新詩書刊總目》，「是目前最完備的新詩集目錄」。〔註 35〕論輯佚，重在案例的分析，如談嚴家炎等人前後接力，歷 30 年發掘穆時英的長篇小說《中國進行》的故事〔註 36〕，讀之如唐弢、姜德明等人所寫書話，有娓娓道來之妙。凡此種種，不一一贅述。總體上看，近年來的金宏宇所做工作，學科的整體意識和規劃意識更強，與此前樊駿所做工作有諸多相似處。

金宏宇教授是 1961 年生人，當前正處在一位人文學者最好的年齡：資料積累的深厚、理論視野的開闊，以及有可能發展為某個研究學派的團隊優

〔註 34〕金宏宇：《考證學方法與中國現代文學研究》，《中國社會科學》第 2018 年第 12 期，第 172 頁。

〔註 35〕金宏宇：《中國現代文學目錄實踐批判》，《福建論壇》2017 年第 3 期，第 53～54 頁。

〔註 36〕金宏宇：《中國現代文學輯佚的學術規範與價值判斷》，《華中師範大學學報》2016 年第 3 期，第 90～91 頁。

勢……在回溯他的研究工作時，我們也對他未來的計劃充滿了無限的期待：我們希望他能堅持自己著史的興趣，完成一部充分展現現代文學版本流變情況的文學史，不同於王瑤等人開創的服務於高校教學所需的文學史編撰傳統，而是如何其芳、唐弢所期待的，一部學術性的文學史，從版本的角度入手，但能夠帶給我們多重的思考；我們也希望他能堅持自己的理論熱情，建立起較為完備的「中國現代文學資料學」體系，並延續樊駿的學科責任意識，對資料研究中的探索加以推助，對缺點和問題坦率批評；我們還希望，他能夠在已有的史料整理闡釋的基礎上，去承擔更多的大型資料項目，像現在這樣堅持做得細緻且有問題針對性，為此後的研究者建構更堅實的學科基礎……總之，我們不妨回到開頭樊駿的表述，這是一個好的開始，我們要向金宏宇教授已經完成的工作致敬，但「今後的任務將更為繁重，難度會越來越大」，在現代文學的史料建設這項宏大的系統工程中，我們期待他不斷取得新的成果。

新詩何為：劉福春《中國新詩編年史》對新詩傳統的尋蹤

張麗鳳*

《中國新詩編年史》憑藉紮實的資料贏得「世紀性工程」〔註1〕的讚譽，「不僅為中國新詩歷史的研究提供了最堅實可靠的史料基礎，它本身就構成了中國新詩百年歷史書寫的別一種種類型和範式」〔註2〕。今天重讀編年史，試圖從浩瀚的資料及「有心」的安排中理解作者關於新詩的探討。新詩作為新文化運動的先行者，在社會的現代進程中始終充當著時代的號角，成為各個時期人類情感和靈魂的印記。編年史並沒有停留於材料的堆砌，而是通過材料的選擇和編排體現著一種「新詩何為」的詩心探索，在浩瀚的材料中淬煉出一個個生命的故事。無論是最初的「新」「舊」之間的探索，還是後來「內容」與「形式」之間的爭論，從根本上講始終關懷著的是詩歌之於文學整體、詩歌之於現實人生的價值與功用。在社會變革中，那些為時代狂呼的激情，那些在自我園地裏的低吟淺唱，那些對生存境遇冷峻理性的審視，都伴隨著詩歌藝術的探索鐫刻在歷史的時空。

一、區域視野下新詩傳統的裂變與傳承

自 80 年代「重寫文學史」以來，現當代文學史的寫作始終是研究者們關

---

* 張麗鳳，文學博士，廣東財經大學講師，主要從事中國現當代文學研究。

〔註 1〕李怡：《中國新詩研究的世紀性工程——劉福春〈中國新詩書刊總目〉讀後》，《中國詩歌研究動態》，2007 年第 5 期。

〔註 2〕孫玉石：《百年新詩史書寫的別一種範式——為劉福春〈中國新詩編年史〉出版》，《詩探索》，2013 年第 3 期。

注的問題。面對諸多現代文學史的寫作，郜元寶認為因承擔過於沉重的歷史敘述而混淆了文學史和「大歷史」的界限，存在諸如忽略了文學發展和社會發展的不平衡、失落了「文學史的自然時間主線」以及「細節」或「文學故事」消失的弊端。〔註 3〕而針對當代文學史，程光煒認為由於缺乏學科規範，「始終沒有將自身和研究對象『歷史化』，是困擾當代文學學科建設的主要問題之一」，而提倡用「知識考古學」的方法還曆史以本來的面目。〔註 4〕然而，現代與當代的分野，大陸與港澳臺地區的分頭敘述依然是新文學史未曾解決的問題。21 世紀以來，伴隨著中國國際社會地位的變化以及百年中國文學傳統總結的需求，如何更好地完成中國敘述成為值得關注的問題。有學者注意到以往在中國不同時期主導中國認同的敘述方式在當前已難以整合起全球化處境下的中國社會，因此超越以西方現代性規範為導向的啟蒙主義敘述，冷戰式的社會主義／資本主義敘述，以及民族主義的中國敘述，在更長的歷史時段、在社會人類學的視野中考察區域之間關係的流動、混雜和融合，探索敘述現代中國的有效途徑。〔註 5〕劉福春的新詩編年史有意打破既定的政治概念，在區域視野中展現新詩傳統的發展、裂變與傳承。在充分佔有材料的基礎上，作者努力梳理現象背後所潛藏的各種問題的糾纏、矛盾和歧義，然後通過材料的選擇、編排，解放了編年體中縱向時間的限制，將新詩的發展置於一種多重橫向的運動中。由此以來，因政治原因造成的社會差異在新詩發展的鏈條中得以彌散性的呈現，臺灣、香港、澳門以及海外新詩的發展都理所當然地延續了新文學傳統的根脈，於橫向的呈現中完成不同區域文化的關聯、變異的對比，理解新詩在不同社會關係中的多元發展。

以 1949 年以來兩岸新詩發展為例，編年史較好地在區域視野的觀照下完成了兩岸新詩對新詩傳統的繼承與裂變，以及在不同社會體系下的文化運作情況。1948 年 11 月 29 日，在頗為敏感的政治時期，作家從新詩傳承的角度記錄在更大的區域範圍內完成中國敘述，正如紀弦所說「這一天，是我一生中幾個意義重大的日子之一，而且也是中國文學史上一個很可紀念的日子，因為中國新詩復興運動的火種是由我從上海帶到臺灣的。」〔註 6〕此時，表層的政

〔註 3〕郜元寶：《沒有「文學故事」的文學史——怎樣講述中國現代文學史》，《南方文壇》，2008 年第 4 期。

〔註 4〕程光煒：《文學史研究的興起》，福建教育出版社，2008 年版，第 4 頁。

〔註 5〕汪暉：《現代中國思想的興起》，生活·讀書·新知三聯書店，2008 年版。

〔註 6〕劉福春：《中國新詩編年史》，人民文學出版社，2013 年版，第 390 頁。

治分野讓位於文化的深層關聯，新詩傳統得以跨社會體系的傳承。與臺灣繼承新詩傳統不同，大陸詩人則在新詩另一發展路徑上艱難探索。1949 年 5 月，胡風日記寫出了一個詩人面對時代新要求時的迷茫與彷徨：「想到創作就想到形式，感到束縛，不敢寫」，「完全否定自己的過去，於是癱了」，「感動的時候就想到是自己感動而不是工人感動，於是不敢感動」，「肯定集體創作，但又覺得人物的內心生活不到創作者的細微體驗是不能捉到的」，「有思想力量但又能使廣大讀者（工農）接受這中間的矛盾」，「學習民歌，但誰也不知道怎樣學習」。〔註 7〕在後來的幾年中，當大陸的新詩將觸角伸到廣闊的民間從民歌中汲取養分，詩人如卞之琳甚至主動走到農村，深入體驗生活力求寫出「看得懂」的詩篇，發表了內容反映鄉村生活的《搓稻繩》《收稻》《採菱》後，依然被認為沒有從本質上克服自己的缺點，很好地滿足讀者「首先看得懂」的要求。針對詩壇存在的問題，艾青就詩的形式問題提出自己的意見，反對「內容的空虛和對於形式盲目的追求」。正在此時，臺灣的一批年輕人成了藍星詩社反對橫向移植西洋現代詩，以「直承中國詩的傳統為己任」以「反動」的姿態將矛頭指向自己的前輩詩人紀弦。〔註 8〕1954 年 10 月由張默、洛夫主編的《創世紀詩刊》在臺灣創刊以「新詩向何處去」為題掀起新詩的時代熱潮，並由此確立新詩的民族路線，認為「政治關係是人類為謀求生命的安全與自由及管理社會公務所必需當代，人不能離開政治而生活，詩亦不能脫離政治而孤立」。〔註 9〕兩岸新詩發展路徑互文性的敘述，正是新詩傳統在不同社會體系下的繼承與裂變。

到了「文革」，新詩要徹底與工農兵結合，牆報、黑板報上的詩歌成為新時代獨特的新詩表現形式時，新歌創作與閱讀之間的分野與矛盾再次凸顯。《山東文藝》發表定陶縣南王店公社立文的文章《幹起活來詩就有》，文中借助社員寫的「要編詩，不用愁，扛起大钁上山頭，山頭頂上猛翻地，幹起活來詩就有」的詩歌，指出該詩雖然看起來簡單，卻「道出了勞動和創作的辯證關係」。〔註 10〕如果說這一觀點反映了當時各個地方普遍的詩歌創作形態，那麼《文學評論》則從創作與讀者的關係對時代詩歌發展給予審視。中國科學院文學研究所到安徽壽縣九里公社勞動實習隊的調查報告，調查報告《安

〔註 7〕劉福春：《中國新詩編年史》，人民文學出版社，2013 年版，第 396 頁。
〔註 8〕劉福春：《中國新詩編年史》，人民文學出版社，2013 年版，第 459 頁。
〔註 9〕劉福春：《中國新詩編年史》，人民文學出版社，2013 年版，第 465 頁。
〔註 10〕劉福春：《中國新詩編年史》，人民文學出版社，2013 年版，第 721 頁。

徽壽縣九里公社社員閱讀和評論文學作品情況的調查》顯示，即使是所謂的鄉村知識青年也極少人讀過詩集，在採訪的十八個人中，除了耕讀小學教師嚴賀然一人讀過一本《中國新詩選》外，「其他人都說沒有讀過詩集」，他們表示看不懂詩，因為不懂興趣也隨之下降。針對有人對「你發言吧：我的飽經炮火的村壘！」的詩句提出「『圩子』（即「村壘」）怎麼能說話呢？」的疑問，調查最後得出結論：「看來，這既不是屬於詩歌體裁本身的問題，也不是屬於題材的問題。這大概是詩人的思維和表達形式與這些讀者的欣賞習慣有了距離的緣故。」〔註 11〕如果要追述這些距離產生的原因，從根本上講就是由城鄉等空間距離造成的文化差異。汪暉認為「『民族形式』討論發生的動力之一是文學家的社會流動，即近代以來第一次出現的大規模由都市向邊緣地區的文化流動。」也就是說，文藝的地方性問題與文藝家離開都市進入到不同方言區同時發生的。文藝的地方性發展使得文學形式就不僅僅是書面文學形式，還包含了各種戲劇、戲曲、說唱、朗誦等表演形式，在廣大農村，印刷文化不再是唯一的主導文化。正是基於對區域文化的觀察，汪暉特別提出，「在新的歷史條件下，民族形式問題和大眾化問題不是抽象的理論命題，而是具體的創作問題：用什麼形式，特別是語言，以誰為對象。」〔註 12〕當大陸的新詩伴隨著詩人城市走向鄉村發生變異之時，臺灣地區的新詩雖然地理位置發生了挪移，但新詩自身發展空間的連續性而呈現出另一種樣態。1966 年 1 月 20 日，《創世紀》詩刊第 23 期開始特別闢出「詩壇史料掇拾」專欄，意在有系統地重刊過去有成就詩人的佳作，以對「新詩遺產」有一份較清晰的認知。當時首先介紹了廢名，並引用劉西渭的評語——「拋卻流行的趣味而自安於『光榮的寂寥』」，認為「雖是短短幾句，我們已可察知作為一個真正詩人的好處」。李英豪的詩論集《批評的視覺》由文星書店出版，提出「中國當代文學創作之不振，部分該歸咎於欠缺一種真誠的批評推動。」〔註 13〕可見，當臺灣與中國大陸因政治差異愈來愈遠時，其新詩的發展卻與現代新詩傳統緊密相承。正如當吳興華、陳夢家等在「文革」中淒涼地去世、陳白塵在日記裏記錄著詩人們在現實中正經歷的荒唐事件之時，遠在臺灣的鄭愁予則在詩集《衣缽》中訴說著濃濃的鄉國之情。此時雖然沒有具體地闡述兩

〔註 11〕劉福春：《中國新詩編年史》，人民文學出版社，2013 年版，第 722 頁。

〔註 12〕汪暉：《現代中國思想的興起：科學話語共同體（下卷）》，生活．讀書．新知三聯書店，2008 年版，第 1504 頁。

〔註 13〕劉福春：《中國新詩編年史》，人民文學出版社，2013 年版，第 720 頁。

地詩歌創作，但新詩在不同區域內的生命態勢以及詩歌與生命之間複雜的關聯不得不讓人唏噓。

「文革」結束後，兩岸三地及海外華人同根同源的文化基因使得各個區域之間出現新的流動、融合，顯示出這個時代開放的視野與包容的精神。1982 年 11 月份《長江文藝》刊出「詩歌特大號」，容納了遍及祖國的各個地域及海外的 112 位老中青詩人，1985 年《華夏詩報》在廣州創刊，《人民日報》轉發創刊消息，「該報面向全國、港澳同胞及海外廣大華僑，是一個具有鮮明的改革精神和開發特色的報紙，除以刊登詩歌為主外，還以報告文學、特寫等形式反映海內外著名詩人的創作生活、成就和趣聞軼事」。1987 年詩刊《一行》在美國紐約創刊。1992 年《新鄉土詩》第二期對「新鄉土詩」的概念和特徵進行了梳理，指向人類生存的整個環境與「文化鄉愁」。所有信息的列舉都顯示了編年史對新詩發展脈絡的深入梳理，新詩以區域為視野從整體上觀照新詩發展的支脈，超越了歷史發展過程中現代啟蒙思維、冷戰思維及民族為中心的民族國家敘事，使得作為文化的先鋒與文化生態「晴雨表」的新詩在不同社會體系中獲得了多元共時性的互文呈現。通過不同區域歷史史料的實錄，讓讀者在更加複雜的社會學、人類學等領域認識詩人、詩歌內容與形式、詩歌功能及傳播等各方面的問題。

二、「文學場」的還原與多視角建構

正是將文學置於更廣闊的社會學、人類學視野下的編年梳理，使得編年史很自然地超越了現代啟蒙、革命等概念的束縛，在充分佔有資料的基礎上於多層次的場域中完成文學場的還原與建構。作為一種「史」的觀照，編年史特別注重「歷史化」的審視，從而使得一些詩歌現象既以歷史原生態的方式出現，同時又與後來者的歷史審視、回憶共時性地存在。在建構「文學場」的過程中，既有大家都容易看到的創作、出版、發行、批評等場域的交錯，更有日記、回憶、信件等深入到個體生命和人際交往深處的材料挖掘，在跨時空、互文性的對話中展現文學場之間的博弈、流動與交融，多視角展現詩歌發展過程中的影響因素。

編年史對時代文化大場域草蛇灰線的敘述使新詩有了更多生命的質感。印象最深的莫過於 1920 年代新舊交替之際，當所有的「新」與「舊」膠著地爭論的時候，那最「舊」的封建皇帝卻在深宮厚簾中關注著「新」的發展。1922

年，當郭沫若、周作人、梁實秋等分別在《晨報副刊》《時事新報·文學旬刊》《心潮》等刊物探討著詩歌的做法、進化及語言時，編年史引用了胡適日記講述宣統的現狀，表面上和新詩發展無關，但宣統關心新詩發展的記錄讓人不免有一種錯愕的震撼。5 月 24 日，「我因為宣統要見我，故今天去看他的先生莊士敦（Johnston），問他宮中情形。」5 月 30 日，逃課去見宣統，胡適的記述頗能展現一個時代裏新舊文化的交錯：「清帝已起立，我對他行鞠躬禮，他先在面前放了一張藍緞墊子的大方凳子，請我做，我就坐了。我稱他『皇上』，他稱我『先生』。……他問起白情、平伯；還問及《詩》雜誌。他曾做舊詩，近來也試作新詩。他說他也贊成白話。」〔註 14〕以小見大充滿張力的類似敘述成為編年史的重要特徵。比如對「文革」期間文化生態的揭示，1970 年初冬就被稱為「北京青年精神上的一個早春」。因為此時兩本最時髦的書《麥田裏的守望者》《帶星星的火車票》向北京青年吹來一股新風，一批黃皮書傳遍北京，其中包含貝克特、薩特、畢汝協、甘恢理等。〔註 15〕短短的幾句話就已向讀者表明，即使在文化政策最嚴厲的時期，思想的暗流仍以隱秘的方式建構著一個時代的豐富。這也提示我們一個時代的精神向度，除了主流文化的存在，還有很多未被納入歷史敘述的記錄，書信、日記這些私密性的材料以及回憶反思性的認知一起在另一時空補充著時代的記憶。正如貫穿了「文革」的陳白塵、張光年的日記以及 70 年代末浮出歷史地標的地下詩歌，都共同構成了當時的歷史場域。主動貼自我大字報的賀敬之，萬分激動地記錄毛主席七十五壽誕時的郭小川，主動指導批判者批判自我的張光年等，都在個體性的視角下豐富著時代的想像。

除了呈現不同時期整體的文化場域，編年史還有意將個體置於特定的場域內，從細部觀察個體創作與場域間複雜的關聯。如創刊於 1932 年 5 月的《現代》雜誌，雖然在創刊之初就特別交待雜誌非同人雜誌，不預備造成任何一種文學上的思潮，主義或黨派，但到了第 6 期，施蟄存就發現來稿的傾向性，無論是小說還是詩歌都以「許多——真的是可驚的許多」的數量與他個人的創作呈現相似之處。〔註 16〕即便發表了相關聲明，後來投寄的詩歌與《現代》曆期所發表過的詩在風格和形式上依然相近，並以「不用韻」「句

〔註 14〕劉福春：《中國新詩編年史》，人民文學出版社，2013 年版，第 33 頁。
〔註 15〕劉福春：《中國新詩編年史》，人民文學出版社，2013 年版，第 774 頁。
〔註 16〕劉福春：《中國新詩編年史》，人民文學出版社，2013 年版，第 149 頁。

子、段落的形式不整齊」「混入一些古字或外語」「詩意不能一讀即瞭解」等特徵與當時流行的「新月派」詩形成反差。至於施蟄存《又關於本刊的詩》的解釋直接改變了「現代詩」「現代派」的名詞含義，則不免成為歷史的美麗誤會了。〔註 17〕這種個人創作受到外界場域的影響在革命政治主導時期更為鮮明。如《光明日報》於 1974 年 2 月 15 日發表張永枚的詩報告《西沙之戰》，隨後《人民日報》《解放日報》《文匯報》等國家級報刊及地方刊物分別轉載宣傳，被認為是「一首壯麗的詩篇，是新詩創作中學習革命樣板戲創作經驗的成功範例」。主流媒體的肯定與宣傳使得時代中的個體開始以此為中心展開自己的思考，並形成新的詩歌認識。如郭小川在致王榕樹的信中表示，讀到《西沙之戰》後非常興奮地撰寫「讀後感」，但一想到組織上沒有給他寫作任務也就不再寫了。難以抑制的激動看法通過與友人的通信表達：「我確實很喜歡這個作品，在現實鬥爭中，它是強有力的；在批林批孔中，它有特殊的作用。張永枚同志本人就是樣板戲創作的參加者，從這部史詩中，可以看到樣板戲的威力，也可以看出毛主席革命文藝路線的威力。看起來，題材是十分重要的，有決定意義，只有重大題材，才能顯示出如此重大的政治內容。」。〔註 18〕由此可以看出，作為個人行為的創作，從來都沒有真正地脫離外界文化的影響並或隱或顯地呼應著時代。「莎士比亞的動機首先不僅屬於威廉·莎士比亞的人格和世界觀，同時也屬於伊莉薩白時代戲劇的動機。」〔註 19〕

編年史對文學場域的建構格外注重「歷時性」的「共時性」呈現，於互文對話的敘述中呈現歷史本身的張力。如對於同一詩歌問題，作家不僅寫出當時的評論，還附上後來的評論及境遇，使得同一問題獲得不同時空的認知與評判，在一層層的反思、一次次的回望中呈現歷史本身的變化。對於 1918 年胡適、沈尹默等人的創作，分別列述了 1919 年胡適的評論，1923 年成仿吾的評論以及 1937 年茅盾的評論。胡適顯然是想從歷史的角度為新詩找到支撐點，因此認為「沈尹默君初作的新詩是從古樂府化出來的」，其《人力車夫》得力於《孤兒行》一類的古樂府。成仿吾在《詩之防禦戰》批評胡適的《人力車夫》

〔註 17〕劉福春：《中國新詩編年史》，人民文學出版社，2013 年版，第 165 頁。
〔註 18〕劉福春：《中國新詩編年史》，人民文學出版社，2013 年版，第 828 頁。
〔註 19〕沃爾夫岡·凱賽爾：《語言的藝術作品》，陳銓譯，譯文出版社，1984 年版，第 79 頁。

「這簡直不知道是什麼東西」，並認為詩中淺薄的人道主義不值半文錢。1937年茅盾在《論初期白話詩》中認為初期白話詩中描寫社會現象的作品不及其他的作品，在技巧方面「病在說盡，少回味」，內容上則因所述社會現象「多半是印象的，旁觀的，同情的，所以缺乏深入的表現與熱烈的情緒」。通過不同時期對早期白話詩的論述我們可以看到新詩發展過程中各個時期面臨的問題。再如 1926 年《晨報副刊·詩鐫》創刊，不僅引述了《詩刊牟言》，同時還摘錄了朱湘 1928 年意氣用事對徐志摩「學伐」的評論，1979 年蹇先艾對刊物編輯實況的回顧，1926 年聞一多對《詩刊》發行開闢「第二紀元」的興奮，1930 年沈從文對新詩第一時期和第二時期的定位，1931 年梁實秋對《詩刊》講究格律的強調，1935 年朱自清在《中國新文學大系·詩集·導言》中對《詩刊》的整體評價，1934 年蒲風對「有閒階級化」的定位等，最大限度地展現了《詩刊》勾連起包涵了新詩理論、文人圈層、個人恩怨等相互交錯的歷史時空，呈現歷史的複雜性。

然而，歷史的運作機制固然複雜，追究起來依然要通過具體的個體呈現，通過個體的今夕比較完成「歷時性」的反思，既是對歷史的質疑，又是對個體的深層追問。1953 年玉杲出版以知識分子改造為主題的長詩《向前面去》，對這種創作編者沒有直接評判，卻將 1982 年玉杲個人的反思放置下面形成自然的對照：「那種從概念出發、從某種框框出發去『剪裁』生活的創作過程（或創作方法），是應該拋棄的。」〔註 20〕1974 年天津市寶坻縣小靳莊農業學大寨成為典型，《人民日報》刊出該地社員詩歌選，「編者按」特別介紹這些詩歌是社員們在批林批孔運動中寫的革命詩歌，「主題鮮明，語言簡練，充滿了強烈的無產階級感情和革命戰鬥精神，發揮了革命文藝『團結人民、教育人民、打擊敵人、消滅敵人』的戰鬥作用」，由此希望革命的文藝工作者們虛心學習。與這一歷史境況同時呈現的是曾作為大隊黨支部書記的王作山於 1988 年的回憶《我和小靳莊的「這十年」》，回憶裏特別提到當年江青走進小靳莊時全村人感到興奮，源於其身份權力的象徵，「上頭叫幹啥都高興」，對於「評法批儒」雖然是丈二金剛摸不著頭腦，心裏覺得有些怪，但終究在「中央有文件，上邊咋說咱咋辦」中完成一次次的報告介紹「抓意識形態領域革命」的新經驗。〔註 21〕編者這種有意通過將相同的文學實踐放在不同的歷史語境中加以透視

〔註 20〕劉福春：《中國新詩編年史》，人民文學出版社，2013 年版，第 455 頁。
〔註 21〕劉福春：《中國新詩編年史》，人民文學出版社，2013 年版，第 840 頁。

的做法，交付時間的裁判也就超越了線性時間的限制，凸顯不同的立場與價值向度，激發閱讀者對問題的思考，於互文對話中給予立體觀照。由此，「『編年』不僅僅是體例」〔註 22〕就成為顯而易見的理論訴求。書局的廣告，老闆的牢騷，文人間的交往等，在編年史中都被有意識地納入到詩歌生產過程之中，在大的時代場域建構中梳理著更複雜的文學場。聞一多致朱湘、饒孟侃信表示沈從文《評死水》的批評給了他不少奮興，卞之琳對沈從文抽屜裏雖然滿是當票依然慷慨拿出三十元錢幫他出書的記錄，潘漠華在信中對周作人幫扶湖畔詩社的感謝，魯迅在新詩初創時「只因為那時詩壇寂寞，所以打打邊鼓，湊些熱鬧；待到稱為詩人的一出現，就洗手不作了」的熱心與仗義，2000 年柯岩與《星星》詩刊之間的誤會等，看似是無關緊要的小事件，卻是時代最鮮活的文化表徵。

劉福春通過大量史料的掌握和分析，在紮實的文學現象的支持下充分地回到詩歌史的現場，打破了中心與邊緣、主流與邊緣之間的二元對立，突破外在「理論」的束縛，完成新的歷史的整合。在敘述過程中，作家雖然隱去了個人的觀點，但通過資料編排其觀點已鮮明地展露出來。正是在這個意義上，有學者認為劉福春更像一個歷史戲的編劇，使學術變得意味深長，「編年史不僅僅是作品的發表史，它更是歷史的綜合、綜合的歷史」〔註 23〕。

三、切入生命故事的新詩史

郜元寶在反思中國現代文學史的寫作時特別提出「一個設想」，即從細節著手，「把文學史當『文學故事』講」。〔註 24〕新詩既是一個抽象的個體，同時又是一個由無數詩人及其創作組成的整體。新詩發展近百年，其伴隨著社會發展及政治的導向發生諸多的變化，如何梳理近百年新詩歷史的沉浮升降，「問題」成為「方法」非常重要的一種。然而，什麼樣的問題是值得反思和關注的呢？很多學者看到了編年史在處理「文革」歷史時以「問題」為切入點的思考，復活了「文革」時詩歌的生命。其實，在整個編年史敘述中，作者的「問題」意識並未止於「文革」時期的創作，而是始終關注著現實人生與詩歌間關聯的

〔註 22〕段美喬：《「編年」：不僅僅是體例》，《文學評論》2014 年第 3 期。

〔註 23〕陳衛：《新詩的考古——評 1980 年代以來劉福春新詩史料整理與研究》，《詩探索》，2017 年第 1 期。

〔註 24〕郜元寶：《沒有「文學故事」的文學史——怎樣講述中國現代文學史》，《南方文壇》，2008 年第 4 期。

互文性，在多樣的生命故事中完成多層次的全局觀照。錢志熙曾提出「研究詩歌史，要從研究詩歌作品與詩人開始。」〔註 25〕劉福春的編年史在最大限度地建構文學場域及宏觀區域視野的基礎上，特別注重將詩歌落在詩人個體的生命之中，將熔煉了個人生命故事的詩歌篆刻在新詩史中，同時又在詩人們的故事中探究新詩創作的隱秘。

郭沫若創作之初的興奮以及與編輯宗白華之間的友誼，艾青創作之初受友人鼓勵而放棄繪畫投入創作的事實，都成為新詩發展中的花絮，見證了新詩發展的歷程，也呈現了詩歌創作作為複雜的創造活動，對普遍的文學機制的超越和補充。1926 年《瓔珞》刊發杜衡和望舒的詩，同時附上了 1933 年杜衡在《望舒草序》講到自己與戴望舒、施蟄存之間寫詩的體驗，開始把詩「當做另外一種人生，一種不敢輕易公開於俗世的人生。我們可以說是偷偷地寫著，秘不示人，三個人偶而交換一看，也不願對方當面高聲朗誦，而且往往很吝惜地立刻就收回去。一個人在夢裏洩露自己底潛意識，在詩作裏洩露隱秘的靈魂」，正是有這樣的生命體驗，他認為「詩底動機是在於表現自己跟隱藏自己之間」。〔註 26〕1933 年李唯建的長詩《影》由新時代書局出版，當時的廣告為：「這是作者在與廬隱女士初戀時寫給她的情詩，全書內容都是真情的流露，與世上只重技巧而內容空虛的詩完全自然不同。」作者在序言中進一步補充，「我讀她的小說，只發現一個少女在哀訴她的苦憂，在感慨時光之易逝，在企盼生命早早結束；但我和她本人親近時，我便另外發現一個人格了，她有普照的愛，對一切都是容忍，我從不曾聽過她罵某人或某事。」〔註 27〕雖為個人情感，但出版發行，文學與現實間複雜的關聯也在具體的作家身上得以顯現，小說家廬隱和戀人眼中的廬隱形成對照。正如朱湘作為清華才子成名，後因性格之孤傲與《詩刊》同人們鬧翻，試圖「靠作文為生」，卻對實際生活沒有任何打算最後落到了投水的地步，一顆新星就此隕落不禁讓人歎息。

詩歌創作雖然源於個人的生命體驗，但又以無限的向度呼應著時代，正如狄爾泰所說的「莎士比亞主要生活在世界經驗中，他的精神的全部力量朝著他

〔註 25〕錢志熙：《於詩學研究的對象與方法》，《復旦學報（社會科學版）》，2020 年第 1 期。

〔註 26〕劉福春：《中國新詩編年史》，人民文學出版社，2013 年版，第 174 頁。

〔註 27〕劉福春：《中國新詩編年史》，人民文學出版社，2013 年版，第 159 頁。

周圍的世界和生活中所發生的世界伸展。」〔註 28〕正是在這個意義上，個體創作的詩歌可以成為時代的象徵廣泛地引起人們的共鳴。當我們沿著編年的路線描繪詩人的創作軌跡時，個體與時代之間的複雜與延展就很清晰地得以呈現。以臧克家為例，1933 年其詩集《烙印》自費出版時，有聞一多作序：「克家的詩，沒有一首不具有一種極頂真的生活的意義。沒有克家的經驗，便不知道生活的嚴重。」梁實秋當時也評論其詩作「在描寫平民生活的苦痛的時候，並不效法叫囂的社會主義者，他保持一種尊嚴健康的態度；他並不直率的平鋪直敘，他悉心考求藝術的各種功獻，只看他鍊句遣詞，便可知他是忠於藝術的，他不曾因了同情的心熱熾而拋棄了藝術的立場。」〔註 29〕到了 1959 年，臧克家發表長詩《李大釗》，出版詩集《春風集》，徐遲在評價《李大釗》時指出「每有重大的政治事件發生時，他總是最初的幾個以高亢的激情發為歌唱的詩人中間的一個。他雖然因為工作關係和身體不好，沒有深入到群眾的生活中去，卻並沒有脫離了我們當前的各項政治鬥爭。在每一次政治運動中，總有他的歌聲。」對於《春風集》詩人自己很清楚自己的創作多是「熱情衝擊之下的急就章」，但他認為那是自己創作躍進上的新嘗試，即學習運用民歌形式寫的「風味不同的東西」。〔註 30〕然而到了 1968 年，臧克家就被作為文藝黑線人物打倒，接著失去了詩歌「發言權」的他開始以現實中的生命個體出現在陳白塵、張光年的日記以及他致鄭曼、鄭蘇伊的信中，讀者在多個面向的記錄裏連綴起個體的生命。

在文化控制的特殊時期，歷史也自有生命的豐富，正如 1968 年一大批詩人被打倒時，一批遠離政治文化中心的青年以自己的詩句撥動了時代的弦音，書寫著生命樣態的豐富。1968 年 12 月 30 日，郭路生（食指）從北京乘火車去山西杏花村插隊，在車上開始創作《這是四點零八分的北京》，後來該詩歌在上山下鄉的知青群體中廣被傳頌。戈小麗在《郭路生在杏花村》中曾回憶「大家最感興趣的事是聽郭路生念詩」，雖然詩歌朗誦的場地是破舊的磚砌廚房，「廚房左側是一個大灶和用木架去起的長條案板，大灶上方的窗戶早就沒了窗紙，右側是一口大水缸及一副扁擔和兩個水桶。……我們最愛聽並一遍又

〔註 28〕威廉·狄爾泰：《體驗與詩》，胡其鼎譯，生活·讀書·新知三聯書店，2003 年版。
〔註 29〕劉福春：《中國新詩編年史》，人民文學出版社，2013 年版，第 161 頁。
〔註 30〕劉福春：《中國新詩編年史》，人民文學出版社，2013 年版，第 608 頁。

一遍要求郭路生朗誦的總是《這是四點零八分的北京》和《相信未來》，因為它們不僅是我們生活的真實寫照，還表達了我們的感情……郭路生是唯一念詩能把我們念哭的人。」〔註31〕同樣，曾卓1970年寫下的《懸崖邊的樹》亦是個體與時代相碰撞的結晶。據曾卓回憶，寫這首詩的時候恰在農村勞動，有一天在去勞動的途中看到了長在懸崖邊的彎彎曲曲的樹，樹的形象瞬間點燃了詩人的內心，由此產生了一些聯想和想像：「我覺得它好像要掉入谷中去，又感到它要飛起來」。詩人表示這些聯想和想像與自己特有的心境緊密相關，都是自己內心要求的自然流露。無獨有偶，牛漢1973年寫作的《華南虎》亦是自我生命反觀，與曾卓的《懸崖邊的樹》有異曲之妙。作為幹校中少數不能回京或分配到別的城市的「分子」之一，牛漢異常沉重的情緒在桂林燠熱的天氣裏被動物園中的老虎激發。被關在動物園裏的老虎「用四隻破碎的趾爪，憤怒絕望地把水泥牆刨出了一道道深深淺淺的血痕，遠遠望去像一幅絕命詩似的版畫。」老虎不馴的氣魄嚴重衝擊了詩人的心靈。〔註32〕同樣地，牛漢創作於1973年秋發表於1981年的《悼念一棵楓樹》也是詩人生命精神的一次意象表達，對此詩人有詳細的記錄：「從1969年9月末到1974年12月的最後一天，我在湖北咸寧幹校一直從事最繁重的勞役，特別是頭兩三年，我在連隊充當著『頭號勞力』，經常在泥濘的七上八下的山間小路上弓著腰身拉七八百斤重的板車，渾身的骨頭（特別是背脊）嚴重勞損，睡覺翻身都困難。那幾年，只要有一點屬於自己的時間，我總要到一片沒有路的叢林中去徜徉，一座小山丘的頂端立著一棵高大的楓樹，我常常背靠它久久地坐著。我的疼痛的背脊貼著它結實而挺拔的軀幹，弓形的背脊才得以慢慢地豎直起來。生命得到了支持。」〔註33〕當這棵給了他生命支撐的樹被村民砍伐之後，詩人的生命也像被連根拔起一般，於在極度悲傷中寫下了《悼念一棵楓樹》。而正是這棵連接著大地與自我，鎔鑄了生命精神的樹的意象，成為時代民族精神的一個寫照，引起普遍的共鳴。

進入80年代，詩的題材、風格、流派、表現手法多樣化等成為重要的談論話題，創作自由、批評的審美再創造以及科學性與藝術性的統一等被提出，此時那些沒有「因襲的負擔」、「傷疤的陰翳」、「沉重的血淚」，沒有恍惚和疑

〔註31〕劉福春：《中國新詩編年史》，人民文學出版社，2013年版，第760頁。
〔註32〕劉福春：《中國新詩編年史》，人民文學出版社，2013年版，第810頁。
〔註33〕劉福春：《中國新詩編年史》，人民文學出版社，2013年版，第817頁。

慮，沒有自衛性的朦朧的鎧甲的「新生代」出現，他們和整個時代一樣，「一切都是熱的蒸騰，清瑩的流動，藝術的生命，膚色紅潤、肌腱強旺、步伐有彈性，頭顱上冒三尺光焰」。〔註34〕然而，跳出了革命、政治的拘囿，詩歌像它的創作者一樣面臨新的挑戰，「『詩星』價賤詩店興隆」的諷刺，「民間立場」與「知識分子寫作」陣營的分離與大打出手都不過是時代諸多症候的表徵而已，面對新詩新境遇，編年史始終透過材料的編排呈現問題。其對個體生命的關注，使得詩歌史不僅展現詩歌的歷史，更從生命與詩的角度展現生命的價值。吳思敬認為「福春是把他的生命融入到這本書中」，運用傳統的春秋筆法，寓褒貶於敘述之中。〔註35〕正是將生命體驗融入歷史的方式，讓枯燥的編年史有了更多的趣味。

結語

《中國新詩編年史》集新詩研究資料之大成，不僅是「當代新詩研究的最有分量的學術成就」「打開一個世界研究中國新詩的新局面」，〔註36〕甚至其出版本身也被稱為一種「無關批評」的批評，〔註37〕為驚醒和啟示當代詩歌史寫作與詩歌批評實踐中浮躁輕率的弊病提供了參照。編年史的體例盡可能避免了講述過程中的主體性和主觀化，將新詩發展置於時間的鏈條中讓讀者感受文學史現象伴隨著時間之淵一個接一個浮現，在時間的順序中感受歷史的流動與現場感，在細節和文學故事中凸顯生命的個體，在不同作家對歷史境遇的處理方式上最大限度地展現文學的個體中介，並最終指向時代的情緒與精神向度。正是因為多重場域的歷史書寫與生命故事的書寫，使一部資料厚重到工具書程度的史書有了更多閱讀的趣味。同時不容忽視的是，編年體例存在一定的局限性。尤其是在處理迫近現實的歷史時並不能充分展現其多重場域呈現的優勢，那些「隱藏」在地下的通信、日記乃至創作，都需要更長的時間去挖掘展現。一個時代的精神向度也需要在長時段的歷史中得到交叉式、回溯式的揭示，正如編年史中有關「文革」的敘述之所以有意思，恰恰在於多年後日記、

〔註34〕劉福春：《中國新詩編年史》，人民文學出版社，2013年版，第1175頁。

〔註35〕吳思敬：《劉福春和他的〈中國新詩編年史〉》，《中華讀書報》，2013年8月28日03版。

〔註36〕《劉福春著〈中國新詩編年史〉出版》，《新文學史料》，2013年第3期。

〔註37〕周俊峰，劉馨逸：《新詩編年史寫作：一種「無關批評」的批評》，《武漢理工大學學報》，2019年第5期。

信件的補充對當時的歷史帶來挑戰和張力。即便是在新時期，這種個體與時代之間的摩擦與齟齬都難以呈現。正如如果不是鄭敏 1993 年回顧自我創作實驗，我們可能只知道其《尋覓集》1986 年獲得了中國作家協會第三屆新詩（詩集）獎，並被稱為該詩集與時代「同呼吸、共命運」，卻難以想像其 1979～1983 年間創作實驗所經歷的遺憾和痛苦，當作家懷著很高的熱情寫下一百多行長的「第二個童年與海」，卻因時代尚未完全蘇醒而被殘酷地「截肢」為一首數十行的小詩。

當然，作為編年體例書寫難以避免的就是資料的遺漏和闕如，這一點作者本人本已有客觀的認知。然而伴隨著新興媒介的出現，這一不足愈來愈凸顯。在無中心的網絡時代，面對新世代詩人群的崛起，如何在形式多樣、創作群體複雜的現實中概括和梳理新詩史料都變得更具挑戰。當以編年的形式無法呈現所有的資料時，更簡潔地發現和呈現「問題」以及必要的史論的概括變得分外重要，即便任何概括和提煉會不自覺地成為它所在時代的「局限」，但歷史學者依然要甚至是不可避免地成為後人研究「歷史」的一部分。

柒、批評家

「無文時代細論文」
——論郜元寶的文學本位批評觀

郭　垚*

2011 年，郜元寶以《無文時代細論文》為題評述劉緒源的著作《今文淵源》，結尾說到：「他描述的當今散文衰歇而獨留『長篇小說』跋扈的局面，不正是無文時代一幅最悲哀的圖景嗎？」〔註 1〕此處之「無文」指的當是無「散文」。2014 年，臺北新地出版社出版郜元寶評論集，再次以《無文時代細論文》為題。其中《小說模樣的文章》對小說的文學霸主地位以及現代文體分類做了進一步探討。文章認為，在魯迅眼中，「文章」意即廣義的文學，包括且不限於小說。此文原刊於《文藝爭鳴》2013 年第 2 期，2014 收錄於《無文時代細論文》之後，又更題為《「像不看小說就不是人似的」——論小說並非文學之全部》，收錄在 2019 年出版的論集《小說說小》裏。2011 年單篇文章中的「文」，含義比較狹窄，單指無散文；到了 2014 年的合集，「文」的含義擴大了，指的正是文學，「無文時代」變成文學批評家郜元寶對身處時代下的注腳，即「沒有或說忽視文學的時代」。「無文」既指文學的邊緣化，又指文學內部除小說外其他文體的邊緣化。「無文時代細論文」傳神地反映出郜元寶始終以文學為本位的批評觀，我們可以借由他的批評一探新世紀以來的文學批評界。

一、「立心」的魯迅與文學本位觀的確立

《魯迅六講》（2000）是郜元寶魯迅研究的代表作。2007 年，《魯迅六講》

---

* 郭垚，文學博士，溫州大學講師，主要從事中國現當代文學講師。

〔註 1〕郜元寶：《無文時代細論文》，《讀書》，2011 年第 9 期。

增訂本出版，增加了三個附錄，每個附錄內含三到四篇文章，如：《竹內好的魯迅論》《魯迅作品的身體言說》《魯迅・黑格爾・胡風》《讀〈破惡聲論〉》《舊詩略說》等等，這些文章均於 2000 年以後寫成。2020 年，《魯迅六講》再次增訂，在 2007 年增訂本之外另出版《魯迅六講》二集，收錄《世界而非東亞的魯迅》《青年魯迅的科學思想》《魯迅為何沒多寫小說》《魯迅怎樣描寫暴力》《魯博藏「周氏兄弟」中文剪報校改考釋》等 2010 年之後發表的批評文章。從 2000 到 2020，郜元寶持續不斷地推進自己的魯迅研究，並始終以「立心」的魯迅作為研究的根基。

在初版《魯迅六講》中，「立心」說就已基本成型。首篇《「為天地立心」——魯迅著作所見「心」字通詮》從《科學史教篇》入手，宣布魯迅「短暫的科學時代結束了，『心學時代』揭幕」。「心學」作何解讀？郜元寶認為：「魯迅的『心學』和他的『文學』一同開始，『心學』就是『文學』。作為文化根基與個體生命自覺，有別於科學與學說的神思之『心』的『心聲』『內曜』，在魯迅看來，就是源初的文學（詩）」。〔註 2〕一般認為，魯迅早期的思想，著眼點在於「立人」，郜元寶則提出，「立心」與「立人」關係緊密，「立心」更能表現魯迅學說的根本。雖然魯迅誤讀了「神思新宗」和傳統「心學」，但雙重誤讀疊加，反而走出了獨特的融合超越之路。他標誌性的「國民性」批判，實際上是對「人心」的批判，歷代統治者蠱惑麻痹的，也正是人們的獨立自由之「心」，思想革命要從「心」入手。第二篇《神思之心與學之心——文學與學術的分途》，強調魯迅文學家的身份，指出魯迅對文學的堅持，正是源於對「心」的堅定。若能「點燃」「心」，則無論做學術還是做文學家，都無妨；倘若不去追尋「本心」，不去「活」「心」，那麼無論是文學還是學術，都是「同一小器」，是「本根剝喪」的結果。

確立了以「心」為基礎的文學立場後，第三篇《「心生而言立」——語言之路：同一與差異》開始談語言問題，剖析魯迅在「心生」後所立之言。郜元寶將魯迅的文體風格稱為傳統通儒語言，而把胡適的文體稱為專家語言，以此作為對照；魯迅文體偏「內涵」，胡適則偏「外發」。魯迅善於利用不同語言資源鍊字，堅守「自心」的同時尋求漢語新生。在知識、見解和情感之外，魯迅的文體有著很強的及物性，與「動態的漢語本體」最接近。可惜的是，魯迅的文體並沒有被很好地繼承，「今天的漢語寫作，似乎只是『魯迅風』和『胡適

〔註 2〕郜元寶：《魯迅六講・增訂本》，商務印書館，2020 年版，第 2 頁。

之體』奇特的嫁接，從壞的方面看，或許不過就是所謂的魯迅精神和所謂的清楚明白的文風的生硬配合」〔註 3〕。最後一篇《「言立而文明」——從小說到雜文》則是根據體裁粗分，分別概括了魯迅小說、散文、雜文的藝術成就，其中有關魯迅的雜文，論述最多。這也呼應了郜元寶一再提及的「無文時代」所涉「重小說，輕文章」之現象。他指出，魯迅寫雜文，有一把「心裏的尺」：語言具體、智慧具體、堅持「現在」。一言以蔽之即為「心學為體，雜學為用」。

至此，郜元寶的「立心」說整體構建完畢：他認為，魯迅以「心」為根本，以「文學」為事業，以「語言」做載體，以「文章」「化」人。值得注意的是，郜元寶之「立心」的推導基礎，便是對《科學史教篇》一文中「心」的理解，也正是由這點開始，引發了爭論。鄒進先在《〈魯迅六講〉對魯迅的一點誤解》一文中對「心學」魯迅加以駁斥，他認為，魯迅在《科學史教篇》中強調的並非是科學之上應有理想，而是強調不能在沒有科學的基礎上片面模仿西方的工業和軍事。鄒進先與郜元寶的根本分歧在於，郜元寶認為魯迅在科學之上另以「神思」「心」為本，而鄒進先則認為魯迅起碼在《科學史教篇》中談的只是科學的作用：「他所探求的是強國之本，批評當時『興兵振業』論者只看到西方列強的『業』與『兵』之強大，而不知其『所宅』『本柢』在於科學。」〔註 4〕後郜元寶又撰文《關於〈科學史教篇〉的幾個問題——兼答鄒進先君》，對批評予以回應，進一步強調並鞏固了自己的「心學」魯迅說。鄒進先亦再發表《「神思」「本柢」及〈科學史教篇〉的「主旨」——再談郜元寶〈魯迅六講〉對魯迅的一點誤解》，重申自己的主要觀點：《科學史教篇》表達的是魯迅對科學本身的認識，科學自身在豐富物質文明的同時，也可以「照亮世界」，豐富人的精神，不用在科學之上另有「心」。〔註 5〕

郜元寶與鄒進先的爭論，始終不在一個層面。鄒進先以《科學史教篇》為基點，談的是魯迅在一篇文章中的科學觀，在他的論述裏，《科學史教篇》裏

〔註 3〕郜元寶：《魯迅六講．增訂本》，商務印書館，2020 年版，第 80～81 頁。
〔註 4〕鄒進先：《〈魯迅六講〉對魯迅的一點誤解》，《魯迅研究月刊》，2002 年第 5 期。
〔註 5〕在 2020 年出版的《魯迅六講二集》《青年魯迅的科學思想》一文中，郜元寶對這一問題進行了補充說明，提到宋聲泉發表於 2019 年的《〈科學史教篇〉藍本考略》。宋文考證出《科學史教篇》參考了日本物理學家木村駿吉於 1890 年出版的《科學之原理》一書，全文有五分之四以上是據藍本譯出。宋文中亦提到「本根」之說：「今人多將《科學史教篇》中對文明進步的『本根』與『枝葉』關係之論視為魯迅思想深刻、成熟並超越於時代的重要例證，殊不知其淵源有自，此亦日文藍本反覆強調之要義。」

的魯迅對科學的態度並沒有超出同期其他啟蒙者的認知。而郜元寶則意從魯迅整體的科學觀與文藝觀出發，強調魯迅對「心」「神思」的認可，側重表現魯迅對科學的反思。如果魯迅只是簡單地尊崇科學，認為科學既是知識亦是精神之力，那麼他的見識就並沒有超出梁啟超《科學精神與東西文化》所述內容，他本人也只是「賽先生」之又一擁躉罷了。所以魯迅研究者更願意綜合魯迅「棄醫從文」的一生，放大魯迅超越時代的一面，強調他的獨異性。

而郜元寶強調魯迅「立心」，不僅僅是為了強調魯迅的特異性，結合具體文學批評背景可知，強調「立心」更有與時代互動之意，劍指的正是自改革開放以來「唯科學，輕人文」的功利科學觀。20 世紀 90 年代後期，市場經濟發展迅速，全國上下由過去的重點「講政治」變成了重點「抓經濟」。自鄧小平 1988 年在「科學技術是生產力」的基礎上提出「科學技術是第一生產力」後，科學又一次強勢起來。任何學科必冠以科學之名，方能顯示自身存在價值。文學進入「新時期」後，刮起了一陣接續斷裂的熱潮，欲「回歸」五四傳統。五四時期本就有強烈的「科學中心」傾向，改革開放之後更有「科學至上」的趨勢，人文學科逐漸成為「無用」之物。在這種背景下強調魯迅更傾向追逐「理想」「神思」「心」等理念，意不在否定魯迅對科學的認同（魯迅非常相信科學也樂於推廣科學），而在於重申魯迅的文學立場，指出人文精神對人心的療愈作用。「棄醫從文」已經很充分地說明了在魯迅的關注天平上，情感、意志、直覺等個人主體構建要素更有分量。這種對培育人心的強調，是對「唯科學，輕人文」的糾偏。人心、精神未必與科技、物質同步發展，不管科技發展到什麼地步，「立心」都是十分必要的。況且直到今天，我們也很難說「立心」的工作取得了突破性的進展，誠然科技越來越進步，人文卻越來越像裝飾品不斷地萎縮，無法回應民眾的精神需要，只能作為商業娛樂的點綴。所以，有必要在這種背景下整體性地表述魯迅的選擇，魯迅推崇科學，但並不唯科學技術馬首是瞻，他更相信人心的力量。

就學術環境而言，自 1990 年代人文精神大討論之後，知識分子儘管在理念上還是堅持啟蒙的必要性，但事實上已經逐漸進入學院體制，放棄（主動或被動）啟蒙大眾的公共身份。強調魯迅重「神思」之心而非「學」之心，重文學，重表達，重在場，是對這種趨勢的反撥。魯迅與他所生存的時代有著非常緊密的對話關係，他反對以學術為藉口，將文化、知識乃至精神孤立起來，以隔岸觀火的態度做學問。如果說改革開放前文學文藝過於依附政治，失去了獨立性，那麼進入 1990 年代中後期，文學文藝又似乎與政治過於疏遠，知識分子們躲進象牙塔和體制內，熱愛「圈子化」，追求文學「純化」，這些顯然不是魯迅樂於見到的。他在《文藝與政治的歧途》裏表達過，現在的文藝不能像以前一樣事不關己，需要把自己也「燒」進去，文學家要用自己的皮肉「挨打」。強調「立心」的魯迅，堅持廣義的文學對人心的改造作用，既不過分地強調知識分子的身份，亦不以「純而又純」為榮，是郜元寶借助魯迅表達出的態度。這種態度也見於郜元寶其他批評文章，比如《作家去勢，學者橫行》就談到「一個時代的價值取向不能完全寄託於學術，而忘記文學的『涵養神思』之功。我不相信一個時代沒有好的文學卻有好的學術」〔註 6〕。在總結洪子誠、陳思和、董健分別主編的三本當代文學史共有的缺憾時他說：「若說有什麼共同的遺憾，恐怕還是魯迅當年借用古人的那句話：『明於禮儀而陋於知人心』，對文學史所包含的精神文化心理的實質性內涵——作家的精神譜系——缺乏直剖明示。」〔註 7〕

嚴格意義上講，「立心」說並沒有超出「立人」說的範疇。王得後先生於 1981 年發表論文《致力於改造中國人及其社會的偉大思想家》將「立人」概括為魯迅思想的核心內容：「以『立人』為目的和中心；以實踐為基礎；以批判『根深蒂固的所謂舊文明』為手段的關於現代中國人的哲學，或者說是關於現代中國人及其社會如何改造的思想體系」〔註 8〕開啟了一系列「立人」研究。「立心」在「立人」的基礎上有所發展，焦點更為集中，概念亦有所區別，但突破不大。而且，說到「立心」「文學」的魯迅，很容易讓人聯想到日本學者竹內好的「迴心」以及「文學家魯迅是無限地產生出啟蒙者魯迅的終極場所」等論斷。上世紀 80 年代竹內好的魯迅研究就被譯介到中國，90 年代後期適逢「竹內熱」，不少魯迅研究者都受其影響，紛紛從精神構成和心靈剖析等角度進入魯迅。郜元寶 2002 年的文章《竹內好的魯迅論》稱自己 1995 年開始閱讀浙江文藝出版社 1986 年出版的《魯迅》，印象深刻。在「竹內熱」退潮之際，他更是發出「批評竹內的時候真的到了嗎」之問，表明「但是，至少對我自己來說（某種程度上我相信對於許多中國的現代文學研究者來說也一樣），重要

〔註 6〕郜元寶：《時文瑣談》，北京大學出版社，2014 年版，第 59 頁。
〔註 7〕郜元寶：《作家缺席的文學史——對近期三本「中國當代文學史」教材的檢討》，《當代作家評論》，2006 年第 5 期。
〔註 8〕王得後主編：《探索魯迅之路》，北京師範大學出版社，2003 年版，第 302 頁。

的還是學習竹內，而不是批評竹內……告別竹內，自然更談不上。」〔註9〕這說明竹內好及其「迴心」確實給了郜元寶啟發。不過，雖然用語相似，郜元寶「立心」魯迅所關心的本質問題卻與竹內好並不相同。竹內好的「迴心」指的是魯迅向內的思想方式，即怎樣認識魯迅這個人〔註10〕，作家是大於作品的；而郜元寶的「立心」指的則是魯迅向外的目標，他更關心怎樣通過認識魯迅的目標「立心」讀懂魯迅的作品。雖然竹內好認為魯迅是一位文學家，文學是他的本質，但遍觀竹內好的研究，最終指向的還是魯迅的思想，即便是《魯迅》這本冊子裏，單論作品的部分也是引文居多，思想分析為主，很少文本解讀。以研究角度而言，郜元寶無疑受到了竹內好的影響，抓住了「心」和「文學」兩個關鍵詞。但郜元寶的研究脈絡相較竹內好更簡單清晰，重心放在了魯迅從事文學的目的和實踐文學的方法上。

郜元寶認為魯迅所追尋之「文學」，「即現代意義上的純文學（『心』文學）」。魯迅的文學概念需要與其他學科對比方能釐清：「不只相異於傳統的大文學觀念（章太炎）、消閒享樂觀念（鴛鴦蝴蝶派）、直接救世觀念（梁啟超），甚至也不盡同於現代西方傳入的單純審美觀念（王國維），這一切之外，魯迅還把各種非文學的『學說』設為對立面」〔註11〕。如果以桐城派文章三要素「義理、考據、詞章」而言，「魯迅的功業偏於『詞章』」〔註12〕。這並不是說魯迅不關心學術，在治學方面他是勤奮、冷靜且有興趣的。但「人類最好是彼此不隔膜，相關心。然而最平正的道路，卻只有用文藝來溝通」，郜元寶認為，魯迅始終選擇的是「文學」「文藝」道路，文藝（詩）「直語其事實法則」，最能改善人心，促進社會發展。他在《〈中國的「文學第三世界」〉一文之歧見》裏說：「文學，向下固然可以被研究者、考證家們還原為若干的『本事』，並且可以參與實際的社會生活的改造，可以『為人生』。但文學還不止於此，因為向上，文學可以一面將『人生』的一切實際問題包含著，一面卻將諸般的信息轉化為心靈語言，從而『改變精神』。『改變精神』的成績，往往看不到，也無

〔註9〕郜元寶：《魯迅六講·增訂本》，商務印書館，2020年版，第192頁。

〔註10〕竹內好在《魯迅》裏使用「迴心」主要用途是確定魯迅發生文學自覺的「原點」；而在《何謂近代》一文中，竹內好將「迴心」與「轉向」對舉，「迴心」是向內運動，「轉向」是向外運動。「轉向」是毫無保留地接受「優等」文化，而「迴心」則具有反抗性，注意保持自我。

〔註11〕郜元寶：《魯迅六講·增訂本》，商務印書館，2020年版，第42頁。

〔註12〕郜元寶：《魯迅六講·增訂本》，商務印書館，2020年版，第50頁。

法為一些注重實證的研究者、考據家所重視。」〔註13〕對魯迅的認識，影響了郜元寶本人的文學批評，或說正因為認同這種思想，才會更多地看到魯迅身上的文學價值而非其他。郜元寶魯迅研究所得出的結論，也正是他實踐文學批評的準繩。

二、堅持文學本位的批評實踐

除專論魯迅外，郜元寶對當代文學也保持著極高的關注度。他的當代文學批評，可以分為對當代文學的批評以及對當代文學批評的批評。

一般來說，雖然現當代文學是貫通的，但專研現代某位作家的學者通常對當代作家的創作比較隔膜，郜元寶則不然，當代文學創作，他涉獵頗多，評論過不少知名作家及作品。他的批評，是「千江有水千江月」式的：在評論當代文學創作時，會自覺聯想到魯迅，時時回顧魯迅之言，對照魯迅之行，以這種「活用」的方式參與建設魯迅傳統，以魯迅傳統之月，照當代文學的千江之水。他曾言「我因為讀了點魯迅的書，對當代文學，總忘不了嘗試用魯迅的標準衡量一下，用魯迅的眼光打量一番」〔註14〕，「魯迅的文學」不僅是他的研究對象，更是他進行當代文學批評的方法與標尺。

在《聲音・民間・退化——莫言〈檀香刑〉裏的一地貓聲》中，郜元寶談到：「我以為魯迅的語言之路至今仍然不失為對中國當代文學的一個可貴的提醒，即提醒我們不要簡單地面對傳統。」莫言獲諾貝爾文學獎後，他又撰文《因莫言獲獎而想起魯迅的一些話》，以魯迅的諸多警句警示當代文學不可過分醉心他者評價，要正視自己的差距。《我歡迎余華的「重複」》和《為〈兄弟〉辯護到底》兩篇文章分別為余華的《兄弟》（上下）辯護，認為余華的「簡單」「貧乏」正是揭示中國心靈的方式，「『新時期』以來，我們的文學一直就想抵達《阿Q正傳》就早已經加以充分揭露的這種『貧乏』，然而總有一些似乎豐盛的假象掩蓋著『貧乏』。」〔註15〕在《余華：面對苦難的言與默》中提及余華「踩著魯迅的腳印向前」「但他很少顧及苦難的造因和解救之道，這是他和魯迅等啟蒙作家的根本區別」。《為魯迅的話下一注腳——〈古船〉重讀》和《為魯迅的話下一注腳——〈白鹿原〉重讀》兩篇是非常典型地「千江有水千江月」

〔註13〕郜元寶：《〈中國的「文學第三世界」〉一文之歧見》，《文藝爭鳴》，2005年第5期。
〔註14〕郜元寶：《時文瑣談》，北京大學出版社，2014年版，第112頁。
〔註15〕郜元寶：《不夠破碎》，吉林出版集團有限責任公司，2009年版，第132頁。

式評論。兩篇都借魯迅之言進入小說——「中國根柢全在道教」。《古船》與《白鹿原》，拋開文學史加諸在它們身上的「反思」「歷史」重擔，可以看到道教對民眾生活極強的影響力，並瞭解當代文學各種性、暴力和污穢場面描寫的宗教文化由來。最近出版的《小說說小》評論集，幾乎所有涉及文學寫作的文章，都穿插著魯迅的寫作觀念和技巧。《更衣記——作家怎樣給人物穿衣》寫魯迅筆下的「月白背心」「長衫」「破氈帽」「壽衣」；《打破小說的方言神話》列舉魯迅的方言使用以及他的方言觀「反對太限於一處的方言」；《「貼著人物寫」》雖是沈從文之語，卻再次借魯迅強調不要「隔岸觀火」；《悠悠世人口——小說結尾的一種方式》列舉了幾種結尾的寫法，自然有屬於魯迅的章節——「在小說結尾處，作者索性讓渡自己的終極裁判權，將一切全交給類似《阿 Q 正傳》結尾那種『無主名』的『輿論』，或者如《孤獨者》，聽憑荒謬老婦對不幸的主人公『上下議論於其間』。」〔註 16〕這種「千江有水千江月」式的批評，不僅是評論家向魯迅「無限靠攏」的方法，更體現了批評對文學的建設意義。那種只有破壞和否定的批評，容易使人迷失在「批評的快感」裏，忽略批評本身肩負的啟迪人心的功能；而那些不切實際地追求「進步」理論的批評，則會讓人沉浸在虛幻的繁榮裏，成為精神上的被殖民者。

如果說對當代文學創作的批評是「千江有水千江月」，那麼對當代文學批評的批評，郜元寶則貫徹了魯迅傳統，以雜文為「武器」。他認為魯迅的雜文分為廣義和狹義兩種，「狹義的雜文又稱『雜感』『小雜感』，指用現代白話文寫的篇幅短小、手法靈活的『社會批判和文明批判』……廣義的雜文泛指中國現代一切白話文的總和，但其內在精神必須體現作者的獨立意志和自由思想。」〔註 17〕無論廣狹，雜文都是魯迅「更得心應手的表達方式」。在《魯迅為何沒多寫小說》一文中，郜元寶專門探討了魯迅的文體使用，列舉批評史上的種種說法並一一辨析。文章認為魯迅已經察覺到新文學界過分抬高小說地位產生的問題，他並不過分青睞小說，也沒有刻意「不寫」小說，各類文體都是魯迅「文藝運動」的組成部分。反而是後來的文學界，隨著小說文體的「一家獨大」，以小說為文學正宗，散文雜文為末流，用「厚此薄彼」的思路解讀魯迅。郜元寶一再在文章裏呼籲要警惕小說文體「超霸」。他在《「創作」與「議論」——反思新文化運動的一個角度》裏談到：「魯迅現身說法，將『創作』

〔註 16〕郜元寶：《小說說小》，上海文藝出版社，2019 年版，第 158 頁。

〔註 17〕郜元寶：《魯迅六講・增訂本》，商務印書館，2020 年版，第 117 頁。

和『議論』同時擺在新文化運動的核心位置〔註18〕。更舉出周作人的例子，以小品文聞名的周作人三番五次拒絕承認自己的文學家身份，「我不是文學家，沒有創作」，正是因為他不承認「文章」也是創作，不認為自己的散文或者「議論」算作文學。魯迅則與之不同，魯迅選擇了「文學」的道路，但他之文學很好地消化了學術，「魯迅把深厚的『學術』積累和辛辣的『議論』鎔鑄於『文學』，又不改變『文學』把握世界的獨特方式，這才造就了他幾乎無人可以企及的獨特的『文學』境界」〔註19〕。

因為肯定、推崇魯迅的雜文實踐，郜元寶的早期文學批評，尤其是針對批評的批評，雜文色彩非常強烈。《另一種權力》《午後兩點的閒談》《說話的精神》《為熱帶人語冰——我們時代的文學教養》《在失敗中自覺》《惘然集》《小批判集》《不夠破碎》《時文瑣談》中收錄的大量時評文章，精巧易讀，有很強的「文章」自覺性。並且做仿魯迅「具體的智慧」，不做抽象之論。他有一篇談中國批評的文章，模仿《上海文藝之一瞥》起名《「中國批評」之一瞥》，集中談到中國批評界的種種弊病。其中最核心的問題便是中國批評具有「特殊性」，這種特殊性最明顯的表現就是不願、不能、不敢說真話，正可對應魯迅《無聲的中國》。在《等待新的「文學自覺」時代的到來》一文裏，他又談到批評家雖然從事文學批評活動，但骨子裏卻與文學保持距離，抱著事不關己的態度：「中國一大批從事文學研究的人，在九十年代離開了文學，他們把文學的失敗當做一小撮作家們的失敗、『他們的』失敗，沒有把它當做『我們的』失敗」〔註20〕。《智慧偏至論——當代中國知識分子的另一種分裂》把當代的知識分子分類為「文學性知識分子」和「非文學性知識分子」，「文學性知識分子」用文學的方式認識知識，並且肯「置身」，「非文學性知識分子」則不然，他們更喜歡使用「學術話語」，寫「整齊文章」，同時置身事外。在他看來，這種態度自然是要不得的。不能做到像魯迅一樣將自己「燒」進去，也要自覺地把自己當成文學活動的一份子。即便囿於現代學科分類，文學研究並不是「文學」，但也要從精神上認同文學，而不是將文學當成學科體制的附屬品，冷冰冰的研究對象。最好能夠如魯迅寫雜文一般做文學評論，以文學的方式批評文學。

〔註18〕郜元寶：《魯迅六講二集》，商務印書館，2020年版，第169頁。
〔註19〕郜元寶：《魯迅六講二集》，商務印書館，2020年版，第180頁。
〔註20〕郜元寶：《惘然集》，湖北教育出版社，2004年版，第391頁。

無論是文學批評還是批評之批評，郜元寶始終離不開「文學本位」。他多利用雜文筆法而非理論學術語言談批評，是要強調，不僅批評的對象應該是文學，批評的方式也應該是文學的。這種文學本位觀很容易讓人聯想到有關「純文學」的大討論。在上世紀 90 年代末「純文學」大討論之前，有文學與政治解綁之變遷，有從「先鋒」到「新寫實」的暗度陳倉，有「商品經濟」衝擊「嚴肅文學」後引來的諸多不滿，在人們幾乎要確立「文學向內轉」的正確地位時，汪暉「去政治的政治」，蔡翔吳亮「純文學」之爭以及一批學者的「重返文學史」，又重新讓「純文學」成為風暴中心，彷彿談「純文學」或者「文學」不談其他（政治經濟歷史）就是逃避和虛無。郜元寶跳出兩派之爭，提倡的是他所理解的魯迅文學本位傳統。一方面，他認同文學的「立心」作用，強調文學家和批評家不能隔岸觀火，要把自己「燒」進去，這似乎是在提倡文學對生活的介入與干預，但實際上，他卻幾次強調魯迅「個」的立場，反對「以眾虐獨」，與「文學為××代言」的思路保持距離。他反對的是那種照搬他國理論，將文學當做實現理論工具的「純文學」，因為「眾所周知，在中國現代文學研究界，真正的純文學式的研究，其實並不曾存在過」。但這並不意味著要取消文學的主體性，他指出一些批評「純文學」的觀點，本質上取消了文學的獨立性，「它自以為揭示了『純文學』的虛假性及其被掩蓋的權力運作的真相，卻沒有看到它自己最終也未能免於另一種意義的虛假和抽象，因為文學創作與文學研究作為歷史實踐和權力話語的特點，在這樣的解釋中並未得到顯明，相反是被混在一起不加分別地對待了。結果，無論文學創作還是文學研究，都很容易成為抽空了自身或有的生存論規定的泛歷史、泛社會、泛文化乃至泛政治的概念」〔註 21〕。

新世紀以來的文學批評，一部分重拾「十七年」時代的批評範式，在此基礎上加入法蘭克福學派的理論，搖身一變成為「新××」；一部分則學習了新自由主義（New liberalism）「種族、性別、階級」三大角度，做融社會、歷史、文化於一身的「跨學科」；又有玄妙高遠的文藝理論，生出「後××」「別××」「反××」等等諸多發明。相比其他人，郜元寶的文學本位批評顯得有點「舊」。「舊」的第一個表現是喜歡往「古」走。「立心」與傳統哲學脫不開干係，而雜文式寫作，又似乎與文章之學一脈相承——具體觀點可見《「散文的

〔註 21〕郜元寶：《為熱帶人語冰：我們時代的文學教養》，上海教育出版社，2004 年版，第 182 頁。

心」》一文。如此一來，似很有「復古」傾向。2018年郜元寶駢文樣式的《祭魯迅文》引發爭議，不少人認為用文言做祭文祭魯迅，有違「新文化」精神和魯迅的倡導。作為魯迅研究者，郜元寶自然知道魯迅有過廢除漢字改用拉丁文的激進之論，但他依然使用文言樣式做祭文，意在表明個人的態度，同時也因為他發現魯迅所用的語言實際與文言有著非常緊密的關係。「心」與「雜文」之說，確實有向傳統尋根之意。不過因研究對象是魯迅，尋根也尋得有限，尋不到復興傳統這一層，倒更像是對「食西學而不化」的逆反。郜元寶最初研究海德格爾，對「西學」理論並不隔膜，可見其並非因為不通理論取巧迴避。他的這種「舊」，可能源於個人興趣——他曾在《我怎麼做起批評來》一文裏自述自己的興趣是古典文學——當然更可能地是在有意識地做一些具體的修復工作，讓現當代文學學科看起來更像是博採眾長而非邯鄲學步。「我們似乎最終還必須正視東方民族的遺傳基因，『別求新聲於異邦』固然很好，但轉了一圈之後，還得回到熟悉的地面，穿行於荊棘和泥淖，努力走出屬於自己的道路。」〔註22〕「舊」的另一表現是始終以魯迅傳統做基底，並不追求「時髦」，歷經了幾撥潮流，依然堅持「立心」與「文學」本位。在《「中國現當代文學研究」的「史學化」趨勢》一文中，郜元寶談到「中國現當代文學研究」的「史學化」，指出隨著「文學理論」「文學批評」的「塌方」，只剩「文學史」獨霸現當代文學學科。造成這種情況，「最大的問題還是『作家缺席』」。這一論斷實際上在十多年前就已得出，而郜元寶似乎並不怕自己沒有提出「新」的問題或答案，畢竟很多「舊」問題，歷經百年還是要被不斷提起不斷重複，答案遙遙無期。

三、聚焦語言，探向文學內部

郜元寶文學本位批評實現的重要途徑之一，是聚焦新文學語言，關注語言問題。討論文學語言，繞不開源頭——現代語言變革。郜元寶《現代中國文學語言論爭的五個階段》一文對現代時期圍繞文學語言和一般應用文體的幾次論爭進行了梳理，並得出結論「隨著歷史的演進，語言觀念反而呈現混亂退化之勢」。又在《為什麼粗糙？——「中國現代知識分子語言觀念與現、當代文學之關係」引論》一文裏提出，要正視新文學革命不是文學的勝利，而是語言的勝利，語言的變革「先於」文學的變革。但是人們在沒有完全消化掉語言變

〔註22〕郜元寶：《我怎麼做起批評來》，《當代作家評論》，2018年第2期。

革之前，就迫不及待地忽視「現代漢語」，以一種急速膨脹不加節制的態度使用新語言，最後導致自己被「淹沒」。《母語的陷落》一文指出很大一部分中國現代知識分子對母語持否定態度，這種態度制約了母語的更新創造。《現代漢語：工具論與本體論的交戰——關於中國現代知識分子語言觀念的思考》承接《母語的陷落》，討論了現代知識分子對待語言的兩種態度，一種重視「語言體驗」，另一種則將語言視為工具，這種語言工具論割裂了人和語言的自然聯繫，極大地影響了文學語言的發展。現代文學語言之所以粗糙、隨意，是現代語言革命留下的「後遺症」。

在這些圍繞現代語言變革展開的研究中，《音本位與字本位——在漢語中理解漢語》最是一針見血地指出了問題的關鍵。郜元寶在文中質疑「言文一致」這一目標的有效性。「現代中國知識分子首先認定漢語和漢字是分離的，進而認定和漢語分離的漢字阻礙了漢語言特別是漢語言文學的健康發展，然後再發明種種辦法，竭力讓漢語衝出漢字的圍困……但最後，他們不無沮喪地發現，所有這些努力根本上都是徒勞的」〔註23〕。既然無法廢除漢字，達成完全的「言文一致」，那麼一個必然的方向就是盡可能地向「言」靠攏，強調「口語化」，貼近「口頭語言」。尤其在政治因素的影響下，文學語言有「貼近人民」的政治責任。於是這種傾向不可逆轉地漸成主流。郜元寶指出：「中國現當代文學一大趨勢，是『音本位』壓倒『字本位』，作家主要趨赴語言的聲音層面而忽略語言的文字層面，由此，一種『聲音語』的誕生，或如瞿秋白等人所說的一種現代『文腔』的確立，就成為現代漢語和現代文學歷史性變革的一個顯著成果」〔註24〕。所謂「音本位」，指的其實是一種文體或者腔調，即瞿秋白「文腔革命」所說的「文腔」。當代作家的寫作是「音本位」還是「字本位」，是郜元寶進入語言批評的切入點之一。比如，他批評莫言《檀香刑》聲音壓倒了文字：「《檀香刑》因為推重聲音，結果降低為對一種民間說唱的簡單模仿；因為疏離了文字的沉潛含玩，結果損失了文學應有的豐富與精細。」〔註25〕批評李銳的《無風之樹》雖然把人物對話與獨白上升為小說主要敘述手段，規避了知識分子「代言」的問題，但因為在「吸收農民口頭語言表達方面還未到火候」，致使小說語言比較匱乏。王蒙「戲耍、逗弄、謀殺」烏托邦語言，只達

〔註23〕郜元寶：《漢語別史》，復旦大學出版社，2020年版，第103頁。
〔註24〕郜元寶：《漢語別史》，復旦大學出版社，2020年版，第110頁。
〔註25〕郜元寶：《不夠破碎》，吉林出版集團有限責任公司，2009年版，第58～59頁。

到了一絲絲反諷的目的——「強勢的語言暴力之中，我們還能夠聽到一點幾乎沒有個人語言的個人的嗚咽」。而閻連科也想用語言反諷，卻只營造了聲音，沒有「在細節上揭示那個時代的人們對於文字的形體與意義的豐富感受」，故而作者想諷刺之物就沒有被完整真實地揭示出來。

做語言分析，自然也離不開「千江有水千江月」式的魯迅批評。除了專論魯迅語言是獨特的「魯迅風」，是反抗「被描寫」的有力武器外，《在文字遊戲停止的地方》一文表示，儘管魯迅的語言在今天被認為「過於歐化和日化」「不符合現代漢語規範」「文白夾雜」，但它其實非常透明，「思想本身的那些概念詞句幾乎無影無蹤」。《魯迅與當代中國語言問題》再次總結魯迅語言的幾個特點：和世界潮流合流的同時又有中國的民族性，反對機械和抽象，崇尚生動和具體，是一種「不屈不撓的語言的搏鬥」。郜元寶指出，魯迅的語言對如今的作家以及文學研究者都有借鑒意義，魯迅的語言不僅完美地融合了歐化語和文言文，更顯示出了不斷更新創造的潛力，並且不陷入任何一種資源或傳統中，真正做到了「拿來」的都為己所用。

在魯迅之外，汪曾祺的語言也被他當成當代文學語言的正面例子。汪曾祺本就重視語言，曾經說過「語言是小說的本體」，他的小說，也是公認的「語言好」。但是一般來說，評論者會更注意汪曾祺語言中「去歐化」的一面，率性「口語」的一面，實質還是肯定郜元寶所言的「音本位」。郜元寶認同的，則是汪曾祺自己所強調的「字本位」的一面。他屢次援引汪曾祺的觀點「寫小說用的語言，文學的語言，不是口頭語言，而是書面語言。是視覺的語言，不是聽覺的語言」來印證自己的理論。他指出汪曾祺語言的優點在於：準確、本色和有根——這些才是「語言的樸素」。郜元寶舉例「他發現高郵人所謂『da lao』的『lao』原來就是內蒙人所說的『淖』，頓時歡喜跳躍，終於找到語言和實物本真的聯繫，可以下筆無憾了」〔註 26〕。這種用心，造就了汪曾祺語言的明淨通暢。汪曾祺的語言，除了常規的短句特質，另有一個絕活是「寫什麼地方，就能用什麼地方的方言」。郜元寶認為，汪曾祺的《星期天》是「一篇被忽視的傑作」。《星期天》的發生地在上海，裏面自然少不了滬語，汪曾祺的滬語運用得非常熟練巧妙，尤其結尾一句「難講的」，更是拉長了小說的意味。

郜元寶另有一篇《汪曾祺寫滬語》，專論他的方言寫作。文章列舉了諸多汪曾祺在小說中使用滬語的例子，意在表現他化用方言之高明。研究小說人物

〔註 26〕郜元寶：《汪曾祺論》，《文藝爭鳴》，2009 年第 8 期。

講方言和敘述者用方言寫小說，是郜元寶文學語言研究的重點之一。他認為，總體上，當代中國作家吸收方言土語的程度有限。作品吸收方言土語較多的作家，往往意在顯示自己的地域文化特徵。但其中也有一些問題和矛盾，比如上海人對自己的方言十分捍衛，對地域文化也十分熱愛，經常使用方言而非普通話交流，可這是口頭習慣，上海人的小說還是現代漢語書面語居多。〔註 27〕被認為是滬語小說的《繁花》，郜元寶如是評價：「他追求的只是語言中所蘊含的上海文化的氣息，而不是上海話寫作本身。可以將《繁花》的語言視為作者用普通話書面語對上海話的系統性『翻譯』。」〔註 28〕方言一旦進入書面語領域，弱點就顯露出來。現代漢語照樣有「言文不一致」的問題，這種「言文不一致」主要體現在南方方言上。現代語言革命中口語的地位被大大抬高，出於「言文一致」的需要，壓倒了原本的文言文進入文學語言，來自北方的作家因為方言與共通語天然相近比較容易適應這種口語化的書面語，而南方作家則不得不基本放棄方言背景才能進入到新的書面語體系之中。換而言之，「我手寫我口」對北方作家來說可能成立，但哪怕是經歷了白話文革命，持有南方方言的作家也很難說「有什麼話，寫什麼話」。這就造成一些南方方言作家無法像北方方言作家那樣追隨口語的「聲口」，作品極容易顯得「學生腔」「新文藝腔」。但好處卻是正因為南方口語與普通話書面語並不相近，所以好的南方作家在使用書面語進行創作時，不得不「模糊乃至大量放棄」方言，更多地進行融合和創造，從而生產出相對理想的書面語。《「文學的國語」怎樣煉成：〈圍城〉的語言策略》一文裏對此有非常詳細的解析。郜元寶認為，錢鍾書比較成功地書面化了當時人南腔北調（中西合璧）的口語。雖然五四時期推重口語入文學，但實際則是以北方官話為重，沒有給其他口語和方言留下空間。《圍城》基於漢語本位，改造了當時的口語，理想地融匯了外來語、文言以及方言。

在郜元寶的判斷裏，北方方言因為與共通語更為接近，加上「群眾路線」天然政治正確，所以很容易實現「音本位」；而南方方言則必須脫離方言的羈絆，去追求更為融合的「字本位」。這種論斷的新意在於，從一眾就方言論方言的研究中脫穎而出，在「口語」與「書面語」的對照中認識方言寫作。提及

〔註 27〕郜元寶對現代漢語、普通話做了區分，現代漢語包括普通話以及尚未進入或可能不會進入普通話而存在於普通話系統之外的所有語言因素，包括現在依然活著的所有漢民族的方言、外來語和古漢語，也包括不規範（未達標）的區別於「規範普通話」的「大眾普通話」。

〔註 28〕郜元寶：《漢語別史》，復旦大學出版社，2020 年版，第 243 頁。

方言寫作，常規研究路徑要麼從人物塑造出發，認為方言有利於「原汁原味」塑造人物；要麼從地域文化民俗文化角度出發，認為方言更原生態，更能彰顯地域特點。而且方言寫作似乎總是天然地與鄉土題材掛鉤，比如使用方言比較多的莫言、賈平凹、李銳、韓少功等人，慣寫本鄉本土故事。又或者如鄧友梅、馮驥才、王安憶等雖書寫城市或者小城鎮，但方言總歸只是形式，內裏強調的仍是地方特色。「音本位」「字本位」二分法，一下子將方言問題從「為什麼使用方言」變成了「為什麼無法使用方言」，以方言作為切入點，討論的是當代作家面臨的語言問題：技術上無法融文言、外來語和方言於一爐，去規整自己的文學語言；態度上要麼依賴聲音，要麼依賴翻譯腔，簡單粗暴地使用現代漢語。郜元寶對文學語言的分析沒有停留在批評遣詞造句粗鄙，句法文法不同，或過於歐化或方言生硬這些層面，而是指出了當代作家的整體問題——無法創造出如魯迅般既有自己邏輯，又融合眾多資源的書面語，只是一味地延續著一些自以為熟練的文藝腔。不得不說，這樣的批評具有極強的洞穿力，並且富有預見性。可以想見，新一代受過完整應試語文教育的年青作家，面對前人留下的語言傳統，會倍感壓力，充滿困惑。

順著「音本位」思路，很自然地就能發現北方方言因為靠近普通話所取得的優勢地位。再進一步推敲，所謂的「言文一致」其實建立在「言」先統一的基礎上。北方方言區作家雖然佔了先手優勢，但他們所進行的方言寫作，也未必比飽受詬病的歐化語翻譯腔更勝一籌。在眾人將矛頭對準歐化語大加批判的時候，郜元寶卻反從方言寫作入手進行批評，敏銳地指出問題的根本或許不在是否歐化，而在於現代漢語自一開始，就沒有建立「字本位」範式，在「音本位」的道路上一路狂飆。從某種意義上說，這也算是一種「有語無文」，而廣大的文學研究者，也是在「無文時代細論文」。

逍遙於傳統與現代之間
——論王兆勝的散文研究

周循、彭冠龍*

散文是一種形式自由靈活的文體，在中國傳統文學範疇裏，它相對於韻文與駢文，不追求押韻和句式的工整，隨著文學觀念的演進，在現代的文學理論中，它與詩歌、小說、劇本並列為四大文學體裁。無論古代還是現代，散文都具有形散神聚的特點，通過不受約束的形式，作者可以廣泛運用多種藝術手法和技巧，在古往今來、四野八荒中將目光投向任何一個地方，並根據情之所至，自由轉換視角與素材，寫人、記事、狀物、抒情均可自如展開，文無定法，惟求暢述真情實感，其寫作章法在於心神，心定神聚則文思暢達。在這樣的形式中，文章可以更容易將神韻表達得優美並引向深邃，在語言的清新明麗、自然流暢中，融情於景、寓情於物、寄情於事、託物言志，展現出更深遠的思想。這種形散神聚、物我一體、自由舒展的文體特色，借用《列子》的話說，即「心凝形釋，骨肉都融；不覺形之所倚，足之所履，隨風東西，猶木葉幹殼。竟不知風乘我邪？我乘風乎？」〔註1〕如此徜徉於天地間，優游自得的文章精神，即莊子所謂「逍遙」。

王兆勝的散文研究，既注重散文的逍遙精神，又充分展現出作為學者的逍遙的研究狀態，可以說，研究者與研究對象在精神品格方面達到了高度一致。

---

* 周循，山東師範大學文學院中國現當代文學專業博士生，主要從事中國現當代文學與現代文化研究。彭冠龍，文學博士，山東師範大學文學院副教授，主要從事中國現當代文學與現代文化研究。

〔註1〕列子：《列子》，中華書局2007年版，第38頁。

他從研究林語堂散文開始，就展現出這一特色，他自述「在接觸老莊道家一脈時，我心中有說不出來的興奮。……我似乎獲得了某種新生。此時，我感到，自己慢慢發生了一種變化：小小的心靈如大海一般可以虛空不滿，可以容納百川；沉沉的內心輕靈自適，可以飛昇超越世俗的雲煙，不為物我所累所役」，他是發自內心的欣賞與認同老莊哲學，並以此淨化與提升自我精神世界，這與林語堂及其散文創作實現了契合，他說「90 年代初，當我全面閱讀中國現代作家、學者林語堂的作品時，我深深地被感動了。後來，我探討其中的原因，恐怕仍然是林語堂那道家的情懷：對生命的悲劇性感悟，對世俗喧囂的超脫，對人生的熱愛與眷戀。……後來，我突然頓悟了，原來我心中有一種對空靈對逍遙精神的崇尚，一種對超越世俗世界的渴望」。〔註 2〕由此，他完成了博士論文《林語堂的文化情懷》，奠定了學術研究的堅實基礎。從中可以看到，他面向的是中國現代散文，但根植於中國傳統文化，逍遙於傳統與現代之間，不斷實現了散文研究的新突破。

一

百年來的中國文學發展史上，詩歌實現了由內而外的革新，由白話作詩的形式革命，很快開啟了白話新詩的詩美品格建構和詩歌理論建設，走上了一條嶄新的發展道路，小說在吸收西方創作經驗和藝術技巧的基礎上，實現了題材、形式、人物形象等等多方面的突破與創新，現代話劇更是實現了從無到有的歷史進程，並與多種傳統戲曲類型相融合，貢獻了許多經典作品。只有散文，雖然湧現出了許多佳作，但是似乎沒有太多新變，這在特別追求創新的社會環境下顯得有些落寞，於是出現了創作繁榮而研究不足的現象。

而在王兆勝看來，這種現象正是散文研究中最值得關注的問題，正因為新變很少，所以散文比其他文體承載了更多的中國傳統文化基因與密碼。在傳統文學觀念中，沒有很明確嚴格的文體劃分，而是統稱「文章」，史傳作品、諸子散文、政論奏章、序跋碑銘等等都是文章，甚至詩詞歌賦等等也都是文章，這樣的觀念一直到 20 世紀初五四一代知識分子心中仍然存在。由於近代以來西方文論大量傳入中國，逐漸改變了中國知識分子的文學觀念，小說、詩歌、劇本開始成為獨立的文體，散文也如此，只不過它並不像前三類那樣有較為明確的界限，形散而神不散的特點決定了它仍然保留了許多曾經「文章」概念的

〔註 2〕王兆勝：《逍遙的境界》，北京語言文化大學出版社 2001 年版，第 2～3 頁。

內涵，然而，中國傳統的「文章」觀念畢竟已經被現代文論改變，在這樣一個所謂的現代化進程中，散文不可避免的要離傳統越來越遠。因此，王兆勝提出：「如果站在向傳統轉換的角度，以中國傳統文化流失與保存交織的眼光，通過『朝花夕拾』憶舊的方式，我們就會看到中國近現代以來的散文有著獨特的價值。因為在義無反顧的反傳統文學體裁中，我們已難看到傳統文化的面影，甚至也看不到傳統與現代轉換的遲疑與停留，而更多的是對西方文化的拿來和崇尚之情，這是令人遺憾的。」〔註3〕

在「散文與小說、詩歌等文體有所不同，它是一個更傾向於傳統的文體樣式」〔註4〕的認識之下，他發現了散文發展史上的一個重要現象，即歷次散文革新，都是以重視和恢復傳統為基礎的，遠者，韓愈的古文運動是如此，近者，二十世紀三十年代周作人、林語堂倡導的小品文運動同樣是如此。散文發展到一定的程度，總要以「回歸」的方式獲得繼續前進的動力，或許是因為它所傳之情、所達之意都來自作者內心深處，而人的情感生發與整個民族文化傳統息息相關，文化傳統絕非可以輕易改變或者中斷的，從這一角度來說，散文本身就是一種以個體情緒、私人化表達指向深層文化傳統的文體，「詩歌如朝陽般輝煌壯麗，小說則帶著中年人的夢想甚至異想天開，散文彷彿是緊貼大地、更加現實的老人。因此，散文是更傳統的文體，不論從歷史發展、現實觀照，還是文體的本性來說都是如此」〔註5〕。

王兆勝認為散文所指向的傳統更貼近道家文化，因此，他在研究中所常用的概念是「道」。自先秦諸子爭鳴以來，儒、墨、道、法四家學說就逐漸形成了中國傳統文化的主流，其中，道家思想以其灑脫逍遙、清靜無為的特點，產生了巨大吸引力，其最高哲學範疇是「道」，道生一，一生二，二生三，三生萬物，為宇宙本源，道法自然，故而要去甚去奢去泰，才能無為而無不為。王兆勝對「道」有自己獨特的理解，他認可「道」的偉大，贊成人應該遵循「道」而生活，並且認為天、地、人三才之間始終恪守天地之道、陰陽之道，〔註6〕但他又「不想回到歷史的鏡框中生活，完全以『道』為模版，將自己的世界和人生框定於其中；而是在現實尤其是當下的語境中演繹自己的人生，並試

〔註3〕王兆勝：《散文文體：中國傳統文化基因與密碼的載體》，《學術研究》2015年第6期。
〔註4〕王兆勝：《散文應在傳統中開出現代之花》，《東吳學術》2020年第2期。
〔註5〕王兆勝：《散文應在傳統中開出現代之花》，《東吳學術》2020年第2期。
〔註6〕王兆勝：《天地人心》，山東文藝出版社2006年版，第3頁。

圖讓它飛翔起來，變成一種有質感、能觸摸甚至可以感到呼吸和心跳的生存」〔註7〕，這是一種「遊於道器」的獨特理想，既要體悟「道」的規律，又要對「道」所生的萬物投入充分的感情。他認為，散文寫作應該也是這樣「遊於道器」的方式。只有悟「道」，才能在作品中滲透深刻的生命感受，為文章注入靈魂，同時，又必須對「器」充滿熱愛，才能以更加獨特的美學趣味將生命感受傳達出來，使作品充滿溫度，正如他評論賈平凹散文時指出的：「當人們都追新求異、緊跟時代發展時，賈平凹散文注重底層與民間，尤其是微小事物甚至『棄物』的描寫，並以閒心投入深情熾愛，這就使他的散文很有特色，與眾不同，並從中悟道。」〔註8〕

二

在一次學術對話中，王兆勝提出：「散文要從傳統中繼承天地之道，特別要注意中國古人對於自然，包括一草一木的熱愛之情。不瞭解物性和天地大道，散文家就寫不好『人』，也不可能獲得謙卑、包容、悲憫、曠達和深情。我們的散文還要向西方學習科學精神、現代意識以及知識譜系，從而使散文增強理性的光芒。當然，散文還應該在中西、傳統與現代、古今之間形成新的融通、對話和再造，這樣方有希望創造出立足於中國、放眼於世界的天地至文。」〔註9〕這充分概括了他的散文觀，以及對當下散文發展狀況的認識。在他看來，散文最重要的是回歸傳統，與「道」相合，同時又投入熱情於「道」所生的萬物。現代散文顯然已不能再用曾經的規範予以衡量，它已演化出了新的特質，這是與現代社會與古代社會之區別緊密相關的。古代社會的小農經濟形式造成了一個比較穩定的社會結構，其生活方式可以千百年不發生重大變化，而且形成了封閉保守的社會環境，阡陌交通、雞犬相聞的安定鄉土氛圍是一種不難實現的生活理想。表現這種生活的文章必然容易因循傳統，無論在風格上還是在內涵上都能較為穩定的傳承。而現代社會是開放的、多元的，全球化趨勢打破了封閉保守的社會環境，每個人的生活都充滿了無限可能，接觸的事物和信息也都來自世界各地，由於科技的進步，生活方式日新月異，人與人的聯繫更加緊密，我們對世界的認識必然發生了變化，感情也會隨之而融入新的內容，

〔註7〕王兆勝：《負道報器》，山東人民出版社2017年版，第1頁。

〔註8〕王兆勝：《真情寫「餘」，閒心求「道」》，《中華讀書報》2019年7月3日。

〔註9〕楊鷗、王兆勝、何平、江嵐：《散文的界定》，《人民日報》海外版2017年11月15日。

由此產生的散文也不斷發生新變。然而，無論出現怎樣新的特質，哪怕跨文體寫作，也應該保持散文的體性不受異化，它要表達的是人心，是立於天地之間、可以投射於世間萬物的獨特生命感受，無論物質世界如何變化，都不可能改變這一特質。

他在多篇論文中論述過散文的本性，認為「『真實』與『真情』永遠是散文最堅實的底座，有了它散文就獲得了生命的土壤和源泉，失了它散文就必然枯萎，它至多也不過是溫室的花朵！當然，我們不能簡單、機械地理解散文之『真』，認為它就是對生活照相式的摹仿，而是可以進行整合、想像、誇張、變形甚至虛構，但這樣做必須有一定的前提，必須合乎情理的邏輯，必須符合『情感』與『心靈』的真實，任何將散文當成可以『胡編』的做法都將扼殺與毀滅它的生命」〔註 10〕。在他看來，「真實」與「真情」分為四個層次，第一層次是實有其事、不能虛構，第二層次是體驗的真實，第三層次是情感的真實，第四層次是心靈的真實，優秀散文都是由真實經歷的事件或親眼所見的景物引發體驗和情感的昇華，最終通向心靈的淨化。失真則不能傳達良知，因為良知是由真誠的力量引發的，尤其在散文中，虛偽的言辭無法縱情馳騁，乾癟的話語則無法生長出「善」的花朵。失真則不美，因為矯揉造作的文字與感情不能直抵人心，辭藻的華麗固然能顯才華，但缺乏真情實感的辭藻猶如懸掛的衣服，即使可以巧奪天工，也只是沒有精氣神、扁平靜止的一件俗物。失真則無趣，因為高尚的趣味來源於對真實世界的好奇，對真實生活的熱愛，是一個人真性情的自然流露，凝結了獨特的眼光和智慧，體現了境界和情懷。因此，王兆勝強調「堅守散文的真、善、美、趣，因為我認為這是散文的金質，無論如何變化、創造，散文都不能失去這四方面的內容。因為與別的文體不同的是，散文是作家與讀者『心靈』貼得最近者，容不得半點虛假、冷酷、醜惡與乏味」〔註 11〕，而「真」是所有「金質」的根本。

當然，一切事物都是處在不斷變化和發展中的，隨著時代的發展和文學藝術的進步，散文要不斷演進。既要遵循傳統、承天地之道、堅守本性，又要演進與創新，如何處理這兩方面的關係，就成為一個重要問題。王兆勝對此同樣有較深入的論述，提出了散文的「常態」與「變數」的辯證關係。他認為「常

〔註 10〕王兆勝：《從「破體」到「失範」——當前中國散文文體的異化問題》，《江漢論壇》2010 年第 1 期。
〔註 11〕王兆勝：《散文創新的向度與路徑》，《文藝爭鳴》2008 年第 4 期。

態」更接近散文的本性，但是強調「常態」並不是否認散文需要變革，不是惟傳統為是，「歸根結蒂，散文要講創新，沒有『變化』就沒有發展。但是，這個創新決非無源之水和無本之木，它是離不開『不變』這一根基的。更準確地說，散文的變數存在於它與『不變』所形成的張力結構中」〔註 12〕。這一觀點實際是對當下文學創作過分求新的反撥。創新本沒有錯，但是過分追求創新而忽視了本該堅守的根，就容易使散文變得面目全非，因為在散文發展過程中，由短小精悍走向自由開放、對「散化」及其兼容性的不斷探索與追求，是一個很明顯的現象，這當然催生了很多優秀作品，但是造成的不良後果也是顯而易見的，比如作品冗長和散漫，完全不講章法，又如將詩歌、小說等文體的藝術手段引入散文創作，使作品出現了虛構與誇飾。現代的文學理念與創新追求必然會影響散文發展，散文也需要在現代語境中有所創新，求新是不可避免的，也是不需要避免的，只是要把握好度，正如王兆勝所言：「沒有傳統就沒有過去，也就不可能有現在和未來；同理，沒有現代，傳統就只是一些沒被點燃的乾柴。只有將傳統與現代進行融通和再造，才能發出生命的光和熱。散文雖是一個偏向傳統的文體，但並不等於說它不需要現代尤其是現代性的燭照，尤其是在封閉保守為主導的傳統中，更需要將創新和發展作為內在動力。另外，散文的現代也不能忽略傳統的積澱與規約，變得隨意妄為、無法無天，尤其不能割斷它與傳統的密切關聯。當然，真正的好散文必須打破傳統與現代的樊籬，以辯證、融通、發展和創造的眼光互通有無，使二者相互映照、生發、轉換，以達到互相參照、彼此溝通、相得益彰的目的。」〔註 13〕

無論在現代語境下如何創新，王兆勝都希望散文能夠保持自然平和的狀態，他多次闡述了「散文是以心靈的散淡、自由、超然和平淡為其特徵的」〔註 14〕觀點，認為這是一種老年文體、散步文體、休閒文體，應該處於一種邊緣化狀態，甚至作者也應該以一種業餘寫作的心態進行創作。這在散文創作中，一方面是作者有平常心，另一方面是作品有平淡美。平常心是什麼？王兆勝認為「主要是指：一個人從生命意義上所獲得的『平平淡淡才是真』之人生智慧」〔註 15〕，是一種具有內在性的散文評價標準，內在於作者的精神境界。

〔註 12〕王兆勝：《散文的常態與變數》，《文藝爭鳴》2009 年第 6 期。
〔註 13〕王兆勝：《散文應在傳統中開出現代之花》，《東吳學術》2020 年第 2 期。
〔註 14〕王兆勝：《回歸本體與觀念變新》，《文藝報》2017 年 9 月 25 日。
〔註 15〕王兆勝：《新時期散文的發展向度》，廣東人民出版社 2014 年版，第 65 頁。

在當下略顯浮躁的社會環境中，急功近利成為一種不良傾向，凡事求速成、求新異、求名利，不如此則不為，這已經對文學創作產生了一定的影響，具體在散文方面，容易使文章依附於某種外物，而非遵循本真的內心，於是，文風開始或焦慮不安，或世俗功利，或膚淺無聊，新與異出現了，功與利獲得了，文章卻黯淡了。只有懷著平常心，才能不為功名利祿所動，在文章中注入高尚的境界，實現文章的平淡美。林語堂極為推崇平淡美，尤其是散文更應具備這一品質，他說：「吾深信此本色之美。蓋做作之美，最高不過工品，妙品，而本色之美，佳者便是神品，化品，與天然爭衡，絕無斧鑿痕跡。」「文人稍有高見者，都看不起堆砌辭藻，都漸趨平淡，以平淡為文學最高佳境；平淡而有奇思妙想足以運用之，便成天地間至文。」〔註 16〕王兆勝非常贊成林語堂的見解，他在多篇文章和著作中都說過，絢爛至極都要歸於平淡，平淡是天地間最自然的本相，散文也如此，它需要平靜如水，既清澈，又深邃，斑斕色澤反而損害了它的靈氣。

王兆勝強調散文作者的平常心、文章的平淡美，有很強的現實針對性。首先是自二十世紀九十年代以來的散文熱。這一現象突然改變了散文長期以來的邊緣化狀態，成為最受社會關注的一類文體，尤其是余秋雨的作品，曾在二十世紀九十年代末至二十一世紀初風靡一時，在那個網絡不發達，還沒有自媒體，閱讀還未出現碎片化現象的時代，余秋雨散文被社會上各類人群所喜愛，或用來消遣，或用來作為範文，或用來考試，或用來瞭解中國文化，不可否認，他的作品確實具有很高的藝術價值，但是王兆勝發現，當散文創作成為社會熱點之後，「往往也帶來巨大的負面效果，那就是情感虛化做作，離普通讀者太遠，缺乏細節和不接地氣，尤其失去了委婉之美和撥動讀者心弦的力量」〔註 17〕，然而，一批並不具有如此才華的人會跟風而上，為了某種功利目的而從事散文創作，大量湧現的作品在質量上參差不齊，既損害了散文至高的平淡之美，又吞噬了作者的平常心，使散文遠離了它該有的「真」的本性，「真實」不再，「真情」不再，就影響了散文的健康發展。其次是新世紀以來新媒體散文的興盛，包括電視散文、網絡散文等形式，主要以新興的電子媒介為載體進行發表，尤其是網絡散文表現得最為獨特，最早主要發表在「天涯社區」、「中國散文網」

〔註 16〕林語堂：《說本色之美》，載《林語堂名著全集》第 18 卷，東北師範大學出版社 1994 年版，第 387 頁。

〔註 17〕王兆勝：《回歸本體與觀念變新》，《文藝報》2017 年 9 月 25 日。

等網站上，後來隨著博客、QQ 空間、微信公眾號等自媒體平臺的出現，逐漸成為刊載網絡散文的主要載體，這類作品往往短小精悍，尖銳有力，閃現著令人拍案叫絕的靈光，從而與一般意義上的紙本散文區別開來。然而王兆勝也敏銳的察覺到「新媒體散文的致命傷，那就是太快、太躁、太尖、太薄、太糙，多失於表面化，文化與藝術的含量不夠，難以給人以心靈的震動，在審美趣味上往往也不是太高……如果說，在開創之初，新媒體散文還可以速進甚至躁進，但真正要使其成為一個時代的代表和象徵，作家還必須慢下來、惜字如金、厚積薄發，否則文字和思想慢慢就寫『滑』了」〔註 18〕，這正中新媒體散文，尤其是網絡散文之弊，網絡的發達帶來了信息傳播的便捷，有效降低了作品發表的成本，擴大了作品的社會接受面，然而，「快」往往帶來浮躁，信息過剩往往帶來信息垃圾的增加，為了在高速發展的網絡環境中佔據一席之地，就需要頻繁推出新的作品，快節奏的寫作顯然是一種功利心的表現，心懷功利則不能從傳統中繼承天地之道，最終迷失於華而不實的文字之中。

實際上，當下散文發展中諸多不良現象的發生，是因為沒有樹立散文的文化自信，王兆勝針對這些不良現象所提出的「平常心」與「平淡美」，其心理基礎正是散文文化自信。關於散文文化自信的確立，他曾專門從四個方面討論過，一是要繼承中國傳統文化中天人合一的觀念，不過分強調「人」的力量，而是回歸自然規律，敬畏宇宙之遼闊與威嚴，確立天地情懷與民胞物與的思想，從而使散文充分承載中國傳統文化，實現內涵式發展，以內在提升的方式實現魅力的散發；二是在回到傳統的基礎上，恢復散文「文以載道」、「文以明道」的功能，既要載人之道，又要載天之道，在文章中充分彰顯天地人心，這並不是要求回到為往聖繼絕學的八股文之路，而是在往聖絕學與現實人生體驗之間實現跨越時空的對話，在散文中注入具有超越性的哲學思考，使文章閃爍智慧的光芒，彰顯散文獨有的美感；三是重視散文的現實指向性，充滿智慧的哲學思考絕不是凌空高蹈的，其形式是抽象的，而其價值和意義是根植於世俗生活的，它必須對人生、社會具有指導作用，這是哲學思考的實用性，也是散文的現實關懷，玄妙虛幻固然有美感，但如果不回到人間煙火、不根植於堅實的大地，就不具有生命力；四是加強散文的形式探索與建設，王兆勝反對一味地追求散文「破體」，而是主張遵循經典性法則，在「破」的過程中充分解

〔註 18〕王兆勝：《歸位・蓄勢・創新——論新世紀的中國散文創作》，《文藝爭鳴》2010 年第 12 期。

放散文形體，同時還要注重散文傳統中的結構、規約、凝練，在審美趣味和藝術氣質方面多下工夫，才能真正實現散文的進步。通過對近百年來中國散文發展狀況的考察，他指出：「中國現當代散文一直有一條繼承傳統和充滿文化自信的不凍河，它生命力頑強而充盈，只是越到後來越不受重視，甚至不知不覺間被忽略和否定了。像朱自清的抒情散文、楊朔的政治散文、巴金的隨想錄等都被認為不夠現代，也阻礙了散文的創新性發展。其實，這些散文與中國古代散文的文化自信是貫通在一起的，其經典性和文化自信是後來許多所謂的『新散文』難以達到的。因此，在充分肯定『五四』以來散文的『現代』新變時，一定不能忽略那些較好繼承了中國傳統文化，特別是散文的文化自信的部分，正是它們支撐起中國現當代散文的大廈，成為與西方觀念進行對話、溝通、交融的主體力量。」〔註 19〕

三

王兆勝所發現的與「道」相合的散文求「真」本性、自然平和的文體特徵、「平常心」的創作態度以及「平淡美」的美學風格，其實都是逍遙的狀態，逍遙於傳統與現代之間，從世俗中發現天地情懷與道心，乘天地之正，御六氣之辯，以遊無窮，便可以生成一種體悟人生的智慧力量，即他所謂「超越性」境界。可以說，逍遙是他所認為的散文最佳狀態，超越性境界是他對散文的最高期待。

逍遙是一種抽象的狀態，很難用語言給出準確的定義，作為中國傳統文化中的一個重要概念，它是一個描述性的詞語，王兆勝認為逍遙的最重要特點是自由，這種自由不是為所欲為，而是身與心在恬然自適的狀態中領悟世間大道，從而內心平和、自得喜樂的狀態，「如果一個人能不為物役，更不為自己所役，自自然然地生活，充分感受天地之心和自然之道，那他將是逍遙的，沒有滯礙的」〔註 20〕。然而，逍遙並不是那麼容易實現的。每個人都身在世俗生活中，不如意事常八九，個人力量是渺小的，無法與天地宇宙相抗，在王兆勝看來，逍遙靠的是智者的超越之法，以化解精神上的壓力。比如張弛，緊張的生活必然使人疲勞，但如果正確面對它，就會獲得奮發昂揚的活

〔註 19〕王兆勝：《散文應在傳統中開出現代之花》，《東吳學術》2020 年第 2 期。
〔註 20〕王兆勝：《逍遙的境界》，載《天地人心》，山東文藝出版社 2006 年版，第 105 頁。

力，正是《易經》所謂「君子終日乾乾」，而生活總要一張一弛，放鬆休息要與緊張工作相配合，沉靜悠然是自己與自己的對話方式，能夠獲得心靈的沉潛。又如幻化，在這樣一個充滿變化的世界上，如何打通變與不變這一對矛盾成為超脫很多現實痛苦的關鍵，這就需要人具有抵禦、順遂和化解的能力，淡然從容、豁達開朗，方能幻化一切不如意之事，獲得逍遙。這樣的例子在王兆勝筆下已闡述過很多，總體來說，他認為「個體人與天地宇宙的關係，既『不對等』又『對等』。所謂『不對等』，是指天地宇宙如此博大、廣闊無垠，一個人甚至整個人類也只是微塵；另一方面，人又有超常的聰明智慧，它可以理解、創造、體悟、幻化出這個世界的人生圖景，從而擺脫受制於天、受制於人、受制於環境和被奴役的狀態」〔註 21〕，這就是中國人的逍遙精神，一種灑脫自由的狀態。

他認為散文需要的正是這種逍遙，「散文文體的本性猶如『水』，它需要被賦予以『形』，以碗、盆、缸、潭、江河、大海的方式，但其內心卻是自由、散淡、平靜、精妙而又超然的。因此，我們的散文決不能形成『冗長和散漫』的慣性，而是應在『形聚神凝』的基礎上，有一顆如天地一樣灑脫自由的『心靈』」〔註 22〕。在王兆勝看來，這種自由灑脫一方面給散文帶來了極大的包容性，它可以吸收各類文體的特色和藝術手法，比如小說的虛構，在散文中可以呈現為某種幻境，或超脫凡塵的人生，以此展現作者心境中無法用語言準確表達的感受，再比如詩歌的韻律感，在散文中可以形成語言的有規律有節奏的變化，以豐富的表達方式多方面渲染心靈深處的情緒，使文章靈動、飽滿，充滿趣味。在內容上，這種包容性使散文幾乎能夠書寫一切，山川海嶽、日月星辰、飛鳥走獸、閬苑仙葩，皆可以入散文，閒游雅興、離思愁緒、讀書心得、酒酣睡夢，都能用散文寄託，天開海闊，氣象萬千，成就了這一文體獨具的魅力。另一方面，王兆勝認為這種灑脫自由也給散文帶來了危機，那就是過分追求包容萬有的通融性，在形散的基礎上認為神也可以散，忽視了散文也需要追求一定的精緻，強調這一文體不斷增容，尤其是提高文化含量，出現了諸如「愛怎麼寫就怎麼寫」、「形散神也飄忽無蹤了」之類的觀念。王兆勝是反對這些觀念的，甚至反對「形散神不散」這一經典概括。

〔註 21〕王兆勝：《糾結與化解——中國人的逍遙精神》，《東吳學術》2019 年第 2 期。
〔註 22〕王兆勝：《從「破體」到「失範」——當前中國散文文體的異化問題》，《江漢論壇》2010 年第 1 期。

他之所以反對「形散神不散」這一觀念，並不是要顛覆經典的文體觀，更不是為了標新立異，而是有其深刻的思考，指向的是當下散文「碎片化寫作盛行」〔註23〕的問題。在他看來，散文一旦形神俱散，就不能算文學作品了，他贊同劉勰在《文心雕龍》中提出的觀點：「夫情動而言形，理發而文見。蓋沿隱以至顯，因內而符外者也。」「是以陶鈞文思，貴在虛靜，疏瀹五藏，澡雪精神，積學以儲寶，酌理以富才，研閱以窮照，馴致以懌辭；然後使玄解之宰，尋聲律而定墨；獨照之匠，窺意象而運斤；此蓋馭文之首術，謀篇之大端。」〔註24〕形與神對於作品來說都是重要的，形散了，文章就如泥漿，再好的神韻也無法展現，形與神只有相得益彰，才能成就佳作。在此基礎上，他提出了一個新的觀念，即「形不散——神不散——心散」。形聚神凝是作為文章必須具備的狀態，那麼，散文之「散」體現在哪裏呢？他認為，體現在「心散」，「即有一顆寧靜、平淡、從容、溫潤和光明的心靈。換言之，散文的本質不在於形神俱『散』，也不是『形散神不散』，而是『形聚神凝』中包含一顆瀟灑散淡的自由之心，這頗似珠玉和金質包隱於石，更多的時候亦如高僧禪定」，這種「心散」狀態正是灑脫自由的神思，帶給文章無盡的生命力，「優秀散文的『形聚——神凝——心散』頗似莊子《逍遙遊》中的真人，他肌膚若冰雪，靜若處子，動如行雲流水，他神采奕奕、玉樹臨風，有仙風道骨之韻致」。〔註25〕

王兆勝希望逍遙的狀態能賦予散文以超越性境界。逍遙，是他在散文研究中一貫的主張，而超越性境界，則是他面對一百多年來中國現當代文學史和思想史所提出的觀念。這一觀念以散文研究為基礎，進而推廣到文學的其他領域研究，顯現了其較強的闡釋力。他主要針對的是20世紀以來中國文學所遵從的「人的文學」觀。自五四文學革命以來，中國文學就一直在探索一條適合現代人表達現代思想和情感的新路，在白話文運動發生後不久，就由形式革命深入到了文學核心價值觀的革命，魯迅認為：「最初，文學革命者的要求是人性的解放，他們以為只要掃蕩了舊的成法，剩下來的便是原來的人，好的社會

〔註23〕王兆勝：《散文文體的張力與魅力》，《東吳學術》2020年第1期。

〔註24〕劉勰：《文心雕龍》，上海古籍出版社2015年版，第178、173頁。

〔註25〕王兆勝：《「形不散——神不散——心散」——我的散文觀及對當下散文的批評》，載《溫暖的鋒芒——王兆勝學術自選集》，中國社會科學出版社2011年版，第159頁。

了……」〔註 26〕郁達夫也認為：「五四運動，在文學上促生的新意義，是自我的發見。」〔註 27〕這些都是在說「人」的發現，周作人《人的文學》一文更是將關注「人」、關心「人」的人道主義和人文關懷明確提出來，並得到新文學作家的認可。王兆勝同樣認可這些觀念，他也強調文學對「人」的關心與表達，但他注意到了一個重要問題，即對「人」的重視與推崇逐漸出現了一些不正常的文學表達，「我們在郭沫若、孫伏園、李敖、王朔等人的散文中，經常看到這樣的現象：人的力量、欲望、夢想被無限地放大了，而對於天地自然則缺乏敬畏之心，對天地大道也失去了探討的興趣。即使在今天，這樣的情況也是屢見不鮮的」〔註 28〕，這有違中國文學與文化傳統的天人合一觀念。

那麼，如何實現超越性境界？他認為，強調人之關愛是對的，但要放在天地自然中來把握，認識到人與自然萬物的聯繫與共性，看到人在自然面前的規約與限制。在此基礎上，以物性反撥現代性，充分認識到「齊物」的意義，在「人」與「物」平等的視角下感受世間萬物，在發揮人的主觀能動性的同時，不驕矜、不狂妄，對自然心存敬畏，甚至「以物為師」，從大千世界中體悟人生哲學，獲取精神滋養，昇華自己的靈魂。對於「物」，要超脫人類社會的意識，以天地自然之心體悟它。對於「人」，要與大自然和諧一體，以虔誠的心態求天地之道。在「人」與「物」的對語中形成知音般的交流，灑脫地敞開心扉，自由地展開話題，形成文章後，美妙共生，境界通明。他特別欣賞中國藝術家散文，「由於藝術家離天地自然最近，最善於模仿自然萬物，也最長於以天地為師，這就確立了他們根深蒂固的天地觀、人生觀和價值觀，其創作也就別開生面，自具高格。而當他們從事散文創作時，內心的『天地大道』就會發出光輝，成為一個支點、一副眼光、一種信仰，從而避免了『人本主義』的遮蔽與局限！『天容地載』使得新世紀中國藝術家的散文具有開放性、包容性、豐富性、擔當能力和深刻性的特點，而『大道存心』則使其散文有著寧靜、從容、內斂、平淡、超然的特色……」〔註 29〕

〔註 26〕魯迅：《〈草鞋腳〉小引》，載《魯迅全集》第六卷，人民文學出版社 2005 年版，第 21 頁。

〔註 27〕郁達夫：《五四文學運動之歷史的意義》，載《郁達夫文集》第六卷，花城出版社、三聯書店香港分店 1983 年版，第 171 頁。

〔註 28〕王兆勝：《散文創新的向度與路徑》，《文藝爭鳴》2008 年第 4 期。

〔註 29〕王兆勝：《新世紀中國藝術家散文的優勢與特色》，《徐州師範大學學報》2011 年第 4 期。

四

王兆勝的散文研究獨具特色，他以自己所鍾愛的道家學說為底色，發掘了散文這一文體與老莊哲學的契合之處，進一步在傳統文化觀念與現代文學思想的對話中提出了現代散文應該保持逍遙的狀態。逍遙的最大特點是自由灑脫，具體而言，即求「真」的本性、自然平和的文體特徵、「平常心」的創作態度以及「平淡美」的美學風格。在他的研究中，最常出現的詞是「天地之道」、「天地情懷」、「天地道心」，這既是他作為學者的學術個性與風格之體現，又反映了他對散文的最高期待，即超越性境界，超越自我的狹小視野，逍遙於天地之間，與萬物展開心靈的對話。

捌、顛覆者

以傳統顛覆啟蒙現代性
——論宋劍華教授的魯迅研究

晏　潔*

魯迅及其作品在中國現代文學中有著重要和獨特的地位，相應地，魯迅研究也是中國現代文學研究的一個重要組成部分，可以說魯迅研究的文字量已經遠遠超過了魯迅作品本身。但令人遺憾的是，在這些如汗牛充棟般的研究論述中，有很一大部分的是在人云亦云地重複前人已有的觀點，所不同的只是語言表述上的差異而已。這其中有眾所周知的客觀原因，但是更為重要的是主觀原因，即研究者自身並未真正地深入到魯迅以及魯迅作品的內核中，去進行有價值的、開拓性的魯迅研究。作為一個富於創新精神的研究者，宋劍華教授有著敏銳的問題意識，這使得他的研究視野與格局開闊而宏大，在胡適研究、曹禺研究、現當代文學思潮、女性女學研究等方面都頗有建樹，而魯迅研究雖然在其整體研究格局中似乎並不占太大的比重，但卻是近年來宋劍華教授極具衝擊力的創造性思考集中體現的一個重要方面，積極地拓展了魯迅研究新的方向與深度。在此，我將從以下三個方面對宋劍華教授的魯迅研究進行分析：一是從文本細讀的角度反省啟蒙現代性；二是從生命體驗的角度反思啟蒙現代性；三是從重釋傳統的角度質疑啟蒙現代性。這三個方面相互支撐形成有機整體，根本性地顛覆了既定框架內的魯迅研究。

---

* 晏潔，文學博士，海南師範大學學報編輯部副研究員，主要從事中國現當代文學研究。

一、從文本細讀角度反省啟蒙現代性

將文本細讀的研究方法運用在魯迅研究中是較為常見的，但是同樣的方法卻必定會由於研究者角度與深度的不同而產生不一樣的結果。一般來說，對於魯迅作品的文本解讀，基本上是在已成定論的觀點統攝之下進行的，即文本解讀並不與文學史對其作品的評價互相矛盾，或前者是對後者進一步的闡釋和論證。例如《狂人日記》的主旨就是揭露禮教的吃人本質，《故鄉》就是深刻描寫了閏土似的中國農民麻木與愚昧，而《祝福》則主要揭露了魯四爺一類封建禮教衛道者的冷酷無情等等，因此這些作品的文本解讀也萬變不離其宗，只是在人物形象分析、故事情節等方面不斷細化而已。如此的文本解讀，對於魯迅研究而言只是數量上的增加，嚴厲一點地說，它們只是省卻了自我思考的、論述的複製，並不是質的向前推進。從另一方面來說，以研究者獨立思考為基礎的文本解讀並不意味著就一定會與文學史背道而馳，相反以嚴肅的學術探索精神進行的文本解讀，可以起到豐富魯迅研究的內涵、拓寬魯迅研究的界限。

宋劍華教授對魯迅作品的文本解讀可以說正是這樣的典範。在《狂人的「病癒」與魯迅的「絕望」——〈狂人日記〉的反諷敘事與文本釋義》〔註1〕一文中的開始，宋劍華教授針對學界對此作品既定的闡釋，提出四個問題，即「一是『狂人』究竟是『誰』或象徵『誰』？二是『狂人』為什麼會陷入啟蒙絕境？三是『狂人』為什麼會從『反叛』走向『歸依』？四是『狂人』想救『孩子』而『孩子』是否可救？」這四個問題可以說正好擊中了以往《狂人日記》研究的要害，這不禁讓我們反思，當我們在談論《狂人日記》時究竟在談論什麼？同時，這四個問題也是《狂人日記》研究最為基本與關鍵的問題，它們得到了解答才能說真正進入了文本本身。從文本本身出發，通過「文本所提供的具體細節」，宋劍華教授對以上「四問」提出了自己的獨到見解，他認為看上去語無倫次的「第一章節尤為重要」，因為「月光」「我」「三十多年」和「趙家的狗」四個意象組合構成了「一個極具反諷意味的荒誕組合」，所以這個開頭就暗示了狂人的啟蒙注定是「一種毫無價值的『對牛彈琴』」，而小說開頭所反覆點染的「怕」，也在小說結尾處得到了回應，即「沒人吃過人的孩子，或者還有？救救孩子……」學界一般將啟蒙希望與「沒人吃過人的孩子」、「救救

〔註1〕宋劍華：《狂人的「病癒」與魯迅的「絕望」——〈狂人日記〉的反諷敘事與文本釋義》，《學術月刊》2008年第10期。

孩子」聯繫在一起，對於句末的標點符號採取了忽視的態度，然而宋劍華教授卻細緻地注意到標點符號所蘊含的重要意義，他指出文本中的問號與省略號都代表著作者的疑問，這兩個標點符號的疊加使用，「其實是在暗示作者對於所提問題的不自信態度」，「其內涵深刻的潛臺詞應是『孩子不可救』！」宋劍華教授對《狂人日記》所進行的文本細讀是真正地以文本闡釋文本，從而遠離了千篇一律地以既定觀點為解讀目的文本研究，因此得到的結論除了有充分的說服力之外，還與既往研究形成了強有力的對話關係，即狂人也從一般所認同的吶喊啟蒙者身份轉變為清醒的啟蒙絕望者身份，這無疑擴大了學界對《狂人日記》理解的視野與深度。

宋劍華教授的文本解讀除了以文本闡釋文本，使闡釋更具說服力之外，還著眼於文本細微之處，而對這些細微之處進行的合乎情理的分析往往具有足以撬動已成定論的力量。例如大多數學者對《藥》進行研究時，結尾處的花環與烏鴉往往是他們關注的焦點或者是闡釋的重要對象。從文本來看，魯迅對於「枯草」的描寫只有短短的兩句話，確實是非常不起眼的，容易被當成一般性的、過渡性的景物描寫。但是宋劍華教授卻注意到看似簡單的關於「枯草」的這兩句話，實際上卻富有深意。在《啟蒙無效論與魯迅〈藥〉的文本釋義》〔註2〕一文中，宋教授將「枯草」提升為「枯草意象」，原因在於，「在整篇小說中，只有這一景物意象最能體現夏瑜之死的悲劇內涵與魯迅寫《藥》的創作動機」。宋劍華教授認為：「『微風早已停息了』是作者在暗示夏瑜的『啟蒙』的短暫性與無效性；『枯草支支直立有如銅絲』是寓意作者對於啟蒙者堅強意志與不屈精神的高度讚揚；『一絲髮抖的聲音，在空氣中愈顫愈細，細到沒有，周圍便都是死一般靜』，是意指啟蒙者悲壯淒涼的孤獨吶喊，不僅沒有引起民眾的任何反響，而且很快被他們稀釋掉了。」更為精彩的是，宋劍華教授注意到了「枯草」與「墳地」之間的邏輯關聯——象徵著孤獨無依的啟蒙者身處如墳地一般死寂的啟蒙空間，「直接顯現著思想『啟蒙』的失敗與無效」。此觀點恰好與大多數學者解讀為象徵啟蒙希望與信心的「花環」意象正好相反。當我們回到魯迅原文，就不得不認同「枯草意象」更加接近魯迅本人想要通過文本表達的思想觀點。在《〈吶喊〉自序》中，我們注意到對於這個花環，魯迅有「不恤用了曲筆」、「平空添上」的描述，其中所用的「曲筆」與「平空」充分

〔註 2〕宋劍華：《啟蒙無效論與魯迅〈藥〉的文本釋義》，《天津社會科學》2008 年第 5 期。

說明了這個象徵希望的花環在文本中出現並非作者本意，而衰敗的「枯草」才是最接近魯迅對於啟蒙真實思考的意象。在此之外，宋劍華教授還列舉了更為充分的證據，例如舉出《太平歌訣》中讓魯迅震驚的「叫人叫不著，自己頂石墳」,「兩句民謠『則竟包括了許多革命者的傳記和一部中國革命的歷史』」，而《藥》中的啟蒙者夏瑜正是「落了個『叫人叫不著，自己頂石墳』的悲慘結局」。另外宋劍華教授論述了魯迅由思想啟蒙到尚武的轉變過程，證明了「枯草意象」正是魯迅對於啟蒙無效的真實表達——「《藥》之所以為『藥』，就是要『救治』社會精英的啟蒙幻想，進而去尋找解決問題的基他途徑」。宋劍華教授以「枯草意象」打開了理解《藥》的全新思路，以文本細讀的方式對啟蒙現代性提出了質疑。

從一般的研究角度來說，文本細讀似乎是一個比較易於闡釋自我觀點的學術研究方法，因為在不同的觀點指導下，可以從不同的方向進行話語的闡釋，這就會出現了同一個文本在不同學者那裏呈現不同面貌的現象。就魯迅小說而言，最為典型的就是學界對於《傷逝》的文本解讀。宋劍華教授在《〈傷逝〉：魯迅對思想啟蒙的困惑與反省》〔註 3〕中指出，自此小說問世八十多年以來，「評論家們不是從作品文本而是抽象理論，將其賦予了『社會黑暗說』、『知識分子軟弱說』、『子君新女性說』、『涓生肯定說』、『兄弟失和說』、『魯迅婚姻說』等穿鑿附會的主觀詮釋」。那麼如果拋開前置性理論或概念，真正回到文本自身，《傷逝》的文本細讀又將呈現怎樣的結論呢？宋劍華教授首先注意到的是文本開頭，認為這一句為整部小說奠定了懺悔的基調，而這個懺悔是由作為啟蒙者身份的涓生發出的，因此宋劍華教授認為這實際上傳達著魯迅「對現代思想啟蒙陷阱的巨大『悲哀』」，這個論斷得到了文本的支持和論證。首先，從涓生方面來看，他對於西方的認知僅限於反家庭專制、男女平等、伊孛生、泰戈爾和雪萊，這也是他對於子君啟蒙的主要內容。宋劍華教授認為，這看似平常的小細節卻內藏深意，魯迅通過細緻描述涓生對子君啟蒙內容，「完全是在有意強化兩種思想意義」：一是「五四」時期國人對於西方現代人文精神的全部理解，即通過文學去膚淺獲知的幼稚狀態；二是啟蒙者（涓生）與被啟蒙者（子君）之間的思想交流，也無非是在「鼓吹所謂『娜拉』式的叛逆言說」。其次，從子君這一方面來看，文本細節揭開了她實為傳統女性的真

〔註 3〕宋劍華、鄒婧婧：《〈傷逝〉：魯迅對思想啟蒙的困惑與反省》，《河北學刊》2010年第 4 期。

相，而非追求個性解放的新女性。例如，宋劍華教授所舉出的，子君對於愛情無比執著的記憶，還有她為了維持兩人的生計，將自己唯一的金戒指與耳環賣掉，這些行為因為將子君預先置於個性解放的概念框架之中，從而得到了有意或無意的忽略，但正是「這一舉動並非說明子君追求人格平等的獨立意識，相反卻揭示了所謂『新女性』的傳統品質」，「恰恰是中國人傳統愛情理想的現代翻版」。因此，通過對《傷逝》文本的細節深究，宋劍華教授認為其「是一部現代知識青年的愛情悲劇，既包含啟蒙者『尋找』與『虛無』的思想茫然，又包含被啟蒙者『希望』與『絕望』的精神幻想」，魯迅並沒有賦予《傷逝》以過於複雜的涵義，所以「學術界也完全沒有必要去做複雜化的人為曲解」。宋劍華教授對《傷逝》的考察真正做到了以文本自身闡釋何謂「傷」、何謂「逝」，避免了以先行的理論或概念進行文本解讀，從而能夠盡可能地去還原作家創作意圖與創作理念，更加準確、全面地理解作家、文本以及時代思潮。

宋劍華通過回歸文本的方式闡釋文本所得到的新結論或新思考，使魯迅作品的文本解讀超越了在啟蒙現代性這一特定框架之下進行的文本解讀，為魯迅研究提供了新的視角和可能性。同時，宋劍華教授對於魯迅作品的文本細讀，是在其反思傳統與啟蒙的思想體系框架中進行的，也可以說是建構這一思想體系的重要方式之一。從反方向來說，正是由於回歸文本本身的解讀，使宋劍華教授對於魯迅思想有了更深層次的理解與思考，促進了反思傳統與啟蒙思想體系的形成。

二、從生命體驗角度反思啟蒙現代性

一般來說，在學術研究中，研究者往往是以我者的身份面對作為他者的研究對象，這樣的做法雖然有利於研究者保持客觀冷靜的學術態度，但是另一方面由於兩者之間的疏離，使研究者可能會以自己的主觀意識塑造研究對象，最終研究成為研究者的自我言說。這一問題同樣存在於魯迅研究，並且更因為魯迅在中國現代文學史上的特殊地位，使對魯迅本人以及其文本的研究越來越遠離研究對象本身，其後果是研究者們言說的不是魯迅，而是自己塑造的一個名為「魯迅」的形象，正如宋劍華教授所說的，「『一千個學者就有一千個魯迅』的眾說紛紜，顯然都呈現出了一種任意肢解魯迅思想的怪誕現象，所以一個『被言說』的魯迅也因『言說者』的主觀意志走出了歷史而進入了神壇。」〔註4〕那麼如何重新回到原點，避免對作家與作品進行按需研究，宋劍華教授提出了將生命體驗的方法運用在魯迅研究中，以便能夠減少一些功利性的主觀臆想式研究，真正進入到作家生命歷程與其作品之中，儘量地在理解其創作背景、心態的基礎上進行文本或思想研究，這才是對魯迅本人及其作品研究最大的尊重。

例如宋劍華教授的論文《無地彷徨與精神還鄉：〈朝花夕拾〉的重新解讀》〔註5〕，其中即以生命體驗的研究方法對《朝花夕拾》提出了迥異於學界以往幾成定論的新見解。由於學界大多數的魯迅研究首先是將魯迅置於啟蒙戰士的身份框架之中，因此對其個人創作、思想與文本的解讀也都囿於此，《朝花夕拾》也就毫無例外也被認為是魯迅思想啟蒙的產品之一。但在此論文中，宋劍華教授對這一散文集的研究首先回到創作前的歷史原場，在充分以史實為依據的基礎上，認為其創作前因事實上並非如學界主流論點所言的那樣，有充分的證據表明魯迅並非是對當時政治的高壓態勢以及與現代評論派諸位的論戰感到疲憊，為暫時休戰、思考人生所作的《朝花夕拾》，而是魯迅由來已久的對於思想啟蒙反思的一種文學表達。這個迥異於之前以概念解讀的創作前因，使研究者重新解讀《朝花夕拾》成為可能。因此，對於「不僅寫出了魯迅難得一見的思鄉之情，同時更是生動地展示了一個真實魯迅的精神世界」的《朝花夕拾》而言，宋劍華教授以生命體驗作為研究途徑，試圖去地接近作家創作心態與文本，從而摒棄陳式的概念圖解，真正走進魯迅的精神世界。宋劍華教授注意到在《朝花夕拾》中，魯迅對故鄉的描寫與在小說中大相徑庭，無論是百草園、三味書屋、長媽媽、藤野先生，還是故鄉的風俗民情，魯迅在描寫它們時無不浸潤著回憶的溫情，再也不見小說中故鄉風景的破敗蕭條、鄉民的愚昧麻木、鄉俗的荒誕落後：書寫百草園與三味書屋不再為了批判這是桎梏孩童天真的禁地，在「『有趣』的回憶中，暗含著自己對那位老先生深深的歉意」，是魯迅對自己「逆反心理的自我檢討」；作為普通鄉民的長媽媽，也成為了「魯迅謳歌母愛的抒情對象，被作者賦予了最真摯的情感因素，她不僅是魯迅傾訴母愛的客體對象，更是魯迅精神返鄉的動力源泉」；對於曾全盤否定的

〔註4〕宋劍華：《「悲哀」與「絕望」——一個真實魯迅的五四姿態》，《武漢大學學報》（哲學社會科學版）2011年第5期。

〔註5〕宋劍華：《無地彷徨與精神還鄉：〈朝花夕拾〉的重新解讀》，《魯迅研究月刊》2014年第2期。

傳統文化，魯迅此時「已經不再是單一的否定」，而是「充滿了對故鄉民俗民風的柔情記憶」，「是民間意志的形象表達」。宋劍華教授以貼近魯迅精神情感的生命體驗方法，讓《朝花夕拾》的研究遠離了意識形態的解讀，重新定義了《朝花夕拾》在魯迅研究中的意義——是證明魯迅思想由激進轉向反思傳統與啟蒙現代性的重要文本。

《野草》被認為是魯迅作品中最難以讀懂的一個，因為魯迅在此作品中所描寫的一些極端或絕望的意象與作為「啟蒙者」、「戰鬥者」的身份極其不符，大多數的《野草》研究都高屋建瓴地採用形而上的方式去解讀，也許認為這麼難懂的文本也需要用高端的研究才能與之匹配，但是如此做的結果卻是：「這種超越魯迅生命體驗的他者言說不僅無助於我們真正理解魯迅，相反還把《野草》神秘化與複雜化了」〔註 6〕。在《哀莫大於心死——重讀〈野草〉》一文中，宋劍華教授實驗性地將生命體驗運用於《野草》研究中，認為「重讀《野草》必須依靠形而下的生命體驗，而非形而上的理論闡釋，否則就會遠離真實的魯迅精神世界」，從而為《野草》的解讀另闢蹊徑，也對魯迅思想有了進一步的理解。在這篇論文中，宋劍華教授細緻地深入到《野草》中的每個文本，全方位地考慮到魯迅本人創作時的精神狀態、家庭狀況以及因身體狀況而影響的心理狀態，指出，「魯迅在《野草》中表現出的情緒低落與精神頹唐」的主要原因在於，一是兄弟失和對於魯迅情感上造成的巨大打擊，二是魯迅急劇下降的健康狀況，三是長年鈔古碑而異於常人的生死觀。宋劍華教授提出的這三個影響魯迅創作《野草》的原因在學界應尚屬首次，雖然這個觀點學界可以繼續商榷，但是我們不得不說這三個原因的提出，是真正將魯迅看作一個和其他普通人有著一樣情感的「人」，而不是一個被神化的「戰士」。因此魯迅的所有創作並不一定都是有著高高在上的「為人生」、為啟蒙等功利性目的，他也是可以通過文學來表達自己對生命的感悟和內心的情感。從宋劍華教授的《野草》研究中，我們發現魯迅真實的精神世界是一個充滿著不安與絕望的所在，並不是已被形塑為鏗鏘激昂的、充滿戰鬥意識的啟蒙空間。例如《野草》中的一篇散文詩《雪》，「有些研究者認為，《雪》是魯迅啟蒙現代性的意志表達」，但是根據宋劍華教授對《雪》創作時間以及創作前後事件的連續性考察，即創作時的 1925 年 1 月 18 日前幾天並無下

〔註 6〕宋劍華：《哀莫大於心死——重讀〈野草〉》，《文藝研究》2016 年第 5 期。

雪，因此也不可能有雪景；這一天也應該是全家團聚共同迎接新年的臘月二十四；前天日即 1 月 16 日正是魯迅兄弟失和後周作人所過的第一個生日。因此，《雪》中書寫的內容和表達的情感，實際上與啟蒙現代性相距甚遠，而與魯迅孤單悲涼的心境更加契合。所以宋劍華教授認為：「在我看來，《雪》是一篇追憶親情之作，如果說『孤獨的雪』是魯迅的自喻，那麼『黏連』就是至愛親情的隱喻。」又如學界對於《過客》的解讀，緣於將魯迅定位於堅定的啟蒙主義者身份，所以認為此文本實際上是魯迅對啟蒙絕望、但依然「反抗絕望」的文學表達。表面上來看確實可以做如此解讀，但是當我們將《過客》放置於《野草》的整體語境中時，就會發現彌漫其中、難以消散、反覆出現的死亡意象，宋劍華教授從生命體驗的角度，指出這與魯迅對自己每況愈下的健康狀況的悲觀預測，魯迅自己不再打算與死神周旋，儘管不甘心但卻不得不接受這個現實，因此不停地揣測著死亡之前的痛苦以及死亡之後的體驗。所以，宋劍華教授對「反抗絕望」提出了異議，認為，「魯迅希望通過『過客』的形象告訴讀者，無論是聽命也好，還是反抗也罷，人一生下來就開始了死亡之旅。生命的本質到底是什麼？《過客》給出的答案無非就是痛苦的人生體驗。」因此，如果從生命體驗的角度來觀照整個《野草》，這部作品的創作也許並沒有那麼多形而上的哲學預設，而是僅僅出於魯迅對生死、人生深刻的感性體驗與情感抒發，正如宋劍華教授所說：「『哀莫大於心死』不僅深刻地反映了魯迅創作《野草》時最真實的精神狀態，同時也使我們更能理解魯迅的生命感受，這是重讀《野草》時必須加以留意的地方」。研究者確實不必再用高深的理論、晦澀的話語將《野草》解讀為不畏絕望、作為將啟蒙進行到底的注腳。

宋劍華教授以生命體驗作為魯迅研究的一個新的方法，使對魯迅作品及其作家本人的研究避免了漂浮於虛無的理論、研究者的臆想式解讀上，使研究更接近作品語境與作家創作心態的原場，《朝花夕拾》的精神返鄉和對傳統的重新審視，《野草》中無法消解的人生之痛與精神之苦，都是對啟蒙現代性的理性反省。

三、從重審傳統角度消解啟蒙現代性

當魯迅在《狂人日記》中傳達出表面充滿「仁義道德」的中國歷史實際掩蓋著「吃人」的真相時，魯迅「反傳統的啟蒙主張」便得到學界共識，同時「反傳統」，也成為魯迅形象中根深蒂固的組成部分，並且這一形象在後世的大量研究中不斷得以重複與強化。因此，對於魯迅作品及其作家本人的理解首先是建立在「反傳統」這一前提之下的，「反傳統」的標簽化阻擋了魯迅研究向縱深與多樣化方面的探索。宋劍華教授意識到魯迅研究中這一問題的存在，在深入解讀文本和對作家創作心態深刻理解的基礎上，再以重審傳統的方式對於魯迅及其作品進行了更加具有深度與廣度的研究，使魯迅研究從「反傳統」標簽的遮蔽中呈現出新的面貌。

不論魯迅是主動，抑或是因為「聽將令」，他確實是作為「吶喊者」而進行創作的，這是不可否定的，但是魯迅之所以成為魯迅，不斷地被闡釋、被解讀，是因為這一主體的深刻性與豐富性，因此「吶喊者」是魯迅思想、乃至於整個創作的一部分，我們必須要注意到在「吶喊者」之外的其他部分。魯迅曾提出過「中間物」的概念，即他認為「一切事物，在轉變中，是總有多少中間物的」〔註 7〕，「中間物」之所以成為中間物，是緣於深受傳統文化至深，以至於無法徹底拋棄舊學，不得不在新舊之間掙扎、徘徊與痛苦著，而他自己就是其中之一。也由於此，他明知有「寬闊光明的地方」可以「幸福的度日，合理的做人」，但自己卻不能前去，只能悲壯地做甘於犧牲、「背著因襲的重擔，肩住黑暗的閘門」〔註 8〕的「中間物」。這也就決定了魯迅在鼓吹啟蒙、具有激進性的「吶喊者」的另一面，則是一個對傳統有著深刻體悟的、冷靜的理性思考者。對於後者，宋劍華教授早在 2006 年發表的《困惑的啟蒙：魯迅小說與思想的另一種解讀》〔註 9〕一文中就有所提及，在論及魯迅的創作動因時，宋劍華教授認為雖然是出於「為人生」的啟蒙主義，但實質上這種「救『他者』而不是救自己」的創作理念，正是「中國傳統文人『先天下之憂而憂，後天下之樂而樂』的社會使命意識。……可以說魯迅以及他同時代的作家無意識中都以時髦的西化語彙，合理地繼承和延續了中國文人積極『入世』的儒家思想，並使儒學文化傳統得以借助於現代表現形態而發揚光大」，如此的創作動因揭示了魯迅創作深層意義，即新文化運動的啟

〔註 7〕魯迅：《寫在〈墳〉後面》，《魯迅全集》第 1 卷，人民文學出版社 2005 年版，第 301～302 頁。

〔註 8〕魯迅：《我們怎樣做父親》，《魯迅全集》第 1 卷，人民文學出版社 2005 年版，第 135 頁。

〔註 9〕宋劍華、常琳：《困惑的啟蒙：魯迅小說與思想的另一種解讀》，《西南民族大學學報》（人文社會科學版）2006 第 4 期。

蒙主義文學的精神內核是傳統「士」之理想。而在近年的魯迅研究中，宋劍華教授更是將魯迅對於傳統的思考推進到了一個新的深度與高度。在《反「庸俗」而非反「禮教」：小說〈祝福〉的再解讀》〔註10〕中，宋劍華教授撼動了學界對於《祝福》早已成定論的觀點，即此文本的創作目的在於批判「禮教吃人」。之所以能夠撼動學界這一存在多年的定論，原因在於宋劍華教授創新性地釐清了禮教與庸俗這兩個一直以為被直接以「傳統」一詞概括的概念，同時對於一貫處於被大肆批判的禮教代言人魯四老爺的身份作了重新定位，使得祥林嫂究竟為何而死有了新的結論。宋劍華教授認為，一直被千夫所指的「殺人兇手」魯四老爺的身份只是傳統鄉土社會中最為普通和基層的鄉紳之一，從魯四老爺書房裏陳設的儒學書籍來看，其儒學程度只在入門級別，並非是真正理解禮教精神的儒學精英，因此他不足以成為禮教代言人與執行者，甚至都算不上真正的「紳」，而是披著儒生外衣的「偽儒」，實際上同樣上「庸眾」中的一員。魯四老爺對於祥林嫂身份的嫌惡與柳媽等魯鎮鄉民以咀嚼祥林嫂悲慘命運為樂，其實如出一轍，只是外在表現形式不一樣罷了。所以，《祝福》真正表達的並不是「禮教殺人」，而是如宋劍華教授所言，禮教是由儒學精英所制定的，其實起著引導社會文化、修正與約束民間陋俗的作用，這本身並無過錯可言，但是基層社會對於禮教的扭曲解讀與接受，使這些惡習陋俗彷彿都是源於禮教。魯迅清醒地看到了這一點，因此《祝福》的真正用意是在「反『庸俗』而非反『禮教』」，「以中國民間的『庸俗』文化，建構起了一個張力強大的『無物之陣』，無論人們怎樣去做徒勞無益的殊死掙扎，至死都不知道自己為什麼會死的真正原因」。禮教與庸俗都是中國文化傳統的一部分，可見魯迅並不是毫無保留地「反傳統」，他對於傳統的態度遠遠不僅一個「反」可以概括的，宋劍華教授將魯迅與傳統的之間的密切關係作為魯迅研究的新的切入點，可謂打開了魯迅研究一個重要突破口。

在重審魯迅與傳統關係的基礎上，宋劍華教授再將視點放在了魯迅對於啟蒙的真實態度上。因為魯迅對於傳統與啟蒙的看法或思考，正是一個問題的兩個方面。如果說魯迅對於「反傳統」是有所保留、有所甄別的，那麼相應的在對於啟蒙上也應有更為複雜的態度，而不能僅僅以他充當了「吶喊者」而遮蔽了他作為啟蒙運動中冷靜思考者的一面。在《「吶喊」何須「彷徨」？——

〔註10〕宋劍華：《反「庸俗」而非反「禮教」：小說〈祝福〉的再解讀》，《魯迅研究月刊》2013年第11期。

論魯迅小說對於思想啟蒙的困惑與質疑》〔註 11〕一文中，宋劍華教授在文中指出，在《吶喊》《彷徨》裏，作為啟蒙主體的知識者，如狂人、涓生、魏連殳等人，不僅是無所依靠的孤獨者，也是思想啟蒙的失敗者，對於啟蒙者如此的形象設置，正是魯迅「對思想啟蒙的憂患意識」的一種體現。那麼魯迅為何對思想啟蒙充滿了猶疑，甚至於否定？宋劍華教授通過對啟蒙者自身、傳統鄉土社會結構以及民間庸俗文化等三個方面：論述了啟蒙者以非理性的理想主義狂熱將思想啟蒙的過程簡單化，同時自己對啟蒙運動都準備不足，更不可能讓被啟蒙者去理解和接受，這種一廂情願的思想啟蒙從啟蒙主體一方面來說，就注定了失敗的結果；而在中國傳統鄉土社會結構中，反叛者就是從鄉村社會母體中脫離出來的個體，而個體面對強大的社會文化母體，其反抗的力量是微不足道的，其後果不是承認失敗回歸母體，如狂人、呂緯甫，就是被母體徹底放逐而死去，如魏連殳、阿 Q。因此與學界把「狼子村」看作是魯迅批判「封建禮教」的吃人本質不同，宋劍華教授看法正好相反，他認為：「『狼子村』意象並不是意味著魯迅的一種反叛姿態，而是意味著他對傳統文化的一種認同心理」；在基層鄉土社會中，本應是鄉村文化精英的鄉紳從本質上來說就是農民，同時晚清以來，鄉紳中的優秀者為求新知而進城，留鄉的鄉紳素質也在不斷劣化，使他們無法成為令鄉民信服的意見領袖與道德典範，也就不能以正統儒學的禮教引導民間庸俗文化，這樣的社會文化環境不可能以急風暴雨式的短暫啟蒙可以改變的。基於以上三點論述，宋劍華教授對魯迅的啟蒙態度有了全面和理性的判斷，「魯迅思想與人格之所以偉大，是因為其在『五四』狂熱的啟蒙浪潮中，始終都保持著一種高度清醒的理性意識；他不是在批判中去否定傳統，而是在批判中去認識傳統，批判傳統使他感到『寂寞』（疏離感），認識傳統又使他感到『悲哀』（沉重感）——應該說『寂寞』與『悲哀』，不僅是《吶喊》《彷徨》所要呈現的創作主題，同時更是中國知識分子現代性焦慮的時代通病」。在這篇論文裏，宋劍華教授以充分的論據表明了魯迅對於傳統中國啟蒙之難的理性態度，其精神內涵裏文化傳統之「重」事實上消解了思想啟蒙之「輕」，使學界秉持的偏重於魯迅是「吶喊者」而忽視其是「彷徨者」的觀點得到了修正與更新。

在此篇之後，宋劍華教授繼續以重審傳統為視角做了進一步、更富於創新

〔註 11〕宋劍華：《「吶喊」何須「彷徨」？——論魯迅小說對於思想啟蒙的困惑與質疑》，《華中師範大學學報（人文社會科學版）》2015 年 1 期

的魯迅研究，先後發表了《「未莊」為何難為「阿Q」——也談〈阿Q正傳〉中個體與共同體之間的關係》〔註12〕和《「在酒樓上」的「孤獨者」——論魯迅對「庸眾」與「精英」的理性思辨》〔註13〕兩篇論文，不僅使魯迅研究耳目一新，更具有開拓性的重要價值。其中前者是針對學者羅崗提出的阿Q與鄉村共同體之間的關係問題所做的糾正與回應，宋劍華教授認為，雖然羅崗「提出了一個極有學術價值和學術前景的理論觀點」，但是令人惋惜的是新穎正確的立論卻未能導致與之相符的結論，其結果是又回到了魯迅研究傳統思維的「歷史原點」。宋劍華教授從個體與共同體之間的關係為突破口，去「還原魯迅創作這部作品的真實意圖」，真正地觸及了魯迅對於傳統、啟蒙之間關係思考的核心問題。在此文中，宋劍華教授把阿Q看作是一個「文化符號」，而「魯迅創造這一寓意文化符號的深刻用意，無非是想去探討文化個體與文化共同體之間的辯證關係」。對於未莊來說，阿Q就是一個外來者，浮遊於未莊鄉村共同體之外的異質個體，因此阿Q屢次想要進入這個共同體以獲得穩定生活的努力，例如與趙老太爺認本家、想與吳媽結婚等行為，都以失敗告終，他的這些努力不僅沒有使他融入未莊，反而成為破壞社會共同體既定秩序的重要因素，所以當阿Q「張揚著要去『造反』。那就超出了『未莊』文化的忍耐程度，……所以『阿Q』之死，無疑是一個游離了文化共同體的個體細胞之死」。宋劍華教授還進一步指出，從個體與共同體這一角度來闡釋，《阿Q正傳》與《狂人日記》、《長明燈》的不同之處在於，後兩者「是表現文化個體從內部去攻擊文化共同體的失敗結局」，而《阿Q正傳》「則是通過寓意性的故事敘事，去表現文化共同體對於外部文化因素入侵的強烈抵制」，然而個體無論從內突圍，還是從外改變，其最後結局都是共同體消解了個體。因此，宋劍華教授深刻地意識到《阿Q正傳》表達了魯迅「對於中國傳統文化厚重感的深刻認知，以及他對五四新文化運動那種激進情緒的批判性態度」，有著外來符號名稱的阿Q難以成為未莊鄉村共同體中的一員正是隱喻著「西方文化很難完整地融入中國；如果它不能適合於中國文化這片土壤，那麼它必將會受到強烈地排斥而無法生存」，啟蒙現代性最終敗落於強大的文化傳統中。

〔註12〕宋劍華：《「未莊」為何難為「阿Q」——也談〈阿Q正傳〉中個體與共同體之間的關係》，《魯迅研究月刊》2015年第1期。

〔註13〕宋劍華：《「在酒樓上」的「孤獨者」——論魯迅對「庸眾」與「精英」的理性思辨》，《魯迅研究月刊》2016年第1期。

如果說在《「未莊」為何難為「阿 Q」——也談〈阿 Q 正傳〉中個體與共同體之間的關係》中，宋劍華教授是將研究焦點對準以本能對抗傳統鄉村共同體的阿 Q 等庸眾身上，來闡述傳統力量之強大，足以將叛逆消解於無形的話，那麼在《「在酒樓上」的「孤獨者」——論魯迅對「庸眾」與「精英」的理性思辨》中，宋劍華教授則將視角焦點放在了一般所認為的魯迅小說中的啟蒙主體——有著自覺反傳統意識的知識「精英」身上，他認為小說中的這些「精英」，「無論是『狂人』的反叛與皈依，還是涓生的張揚與逃遁，尤其是呂緯甫和魏連殳借酒消愁的頹廢神態，無一例外都顯現著魯迅解構『精英』的理性精神」。事實上，這些「精英」無一不是有著舊傳統的精神負擔，他們的血脈中都有傳統文化的基因，也就不可能與他們所激烈批判的文化傳統徹底割裂，另一方面，「精英」們並沒有真正地理解與領會到西方式啟蒙的內涵，也就導致一遇阻力便迅速迷茫、頹廢。身為啟蒙主體的「精英」尚且對啟蒙一知半解、無法逃離傳統的無物之陣，他們又如何擔負起啟蒙「庸眾」之責，因此，宋劍華教授認為從吶喊到彷徨，魯迅思想經歷了從反庸眾到反精英的一個過程，從而魯迅也「不再是單一性地去『反庸眾』，而是逐漸轉向了對民眾的認可，並充分肯定他們創造歷史的積極作用」。民眾是傳統承載的主體，他們日常生活、思維方式無一不是傳統的體現，因此，從這個角度來說，魯迅對於精英和庸眾的重新思考，實際上是魯迅認同傳統的另一種方式。在最近的一篇論文裏，宋劍華教授在論及新文學家書寫傳統時，再次強調「當他們從否定性視角轉變為肯定性視角時，啟蒙神話實際上已經在他們的心中破滅」〔註 14〕，魯迅作為其中的最為重要一員，當然不能例外。

宋劍華教授以重審傳統為新的出發點，對魯迅作品及其思想進行了深入細緻的研究，以全新的角度重新思考魯迅與傳統、魯迅與啟蒙之間的複雜關係，使已陷入程式化、固定化的魯迅研究獲得了新的研究方向。作為一個身處社會轉型期的文學家，魯迅的思想必然有著時代的烙印，他是一個為啟蒙而寫作的「吶喊者」，但同時也是一個傳統的「因襲者」。在其他研究者仍在反覆言說「啟蒙吶喊者」的時候，宋劍華教授已經看到了魯迅作為「傳統因襲者」一面的重要性，並以此為支點，撬動了魯迅研究的整體基石，為解讀魯迅作品、全面理解魯迅思想帶來了前所未有的深度與廣度。

〔註 14〕宋劍華：《論新文學對傳統文化的叛逆與回歸》，《江漢論壇》2016 年 6 期。

結語

由 1986 年發表的第一篇關於魯迅研究的論文《魯迅的農民觀新論》〔註 15〕為肇始，宋劍華教授的魯迅研究已持續 20 年。雖然從論文數量上來看，魯迅研究並不在宋劍華教授學術研究整體中佔據最為主要的部分，但卻是其非常重要的組成部分。因為宋劍華教授對於魯迅作品及思想的孜孜不倦地思索與探究，在研究成果上的不斷推陳出新、漸成體系，體現出宋劍華教授閃現著真知灼見的問題意識與卓越的創新精神。同時，宋劍華教授的魯迅研究也改變了長期以來學界對於魯迅思想單一化的理解，使我們重新發現啟蒙現代性並非魯迅思想中的唯一面相，而是其中既有對傳統的深刻理解與反思，也有對啟蒙的清醒認識與質疑，正是因為具有了這些充滿著矛盾與張力的豐富思想，才是構成了一個真實的、完整的魯迅，而這樣的魯迅研究才可能是真正客觀的、理性的學術研究。

〔註 15〕宋劍華、李程驊：《魯迅農民觀新論》，《徐州師範大學學報》（哲學社會科學版）1986 年 4 期。

論吳炫的「穿越」文學觀
——基於當代文學困境的考察

王烨、陳若凡*

新時期以來，中國當代文學生存的內在困境開始顯現。無論是對西方文學的依附，還是對本土文學傳統的回歸，中國當代文學都難以解決審美主體性匱乏的問題。在此狀況下，吳炫以顛覆者的姿態提出「本體性否定」理論，試圖為當代中國文學尋找一條發展生機。不僅如此，他又開創了以「穿越」為核心的「第三種批評」。這種注重「批判與創造」的個體化審美批評，有別於西方文論及中國傳統的批評形式，為中國當代文學提供了一種新的批評範式。吳炫的「穿越」文學觀及其批評實踐，集中表現在他的《穿越中國當代文學》這本著作中，我們從中既可領略他的文學批評指向，又可窺見到他的「本體性否定」理論實質。

一、當代文學困境與吳炫文學「穿越」觀

從上世紀 90 年代始，大眾文化與視覺藝術步步緊逼、擠佔「純粹文學」的生存空間，文學的本質化問題再次成為人們議論的話題。簡言之，如何解決文學的存在性貧困、重建文學獨立的主體地位，成為中國當代文學界亟待解決的現實及理論問題。然而，人們多以中西二元對立的思維方式思考這一問題。新時期以來，當代文學界大多借助西方文學觀念來理解文學與現實的關係，熱

* 王烨，文學博士，廈門大學教授，主要從事中國現當代文學研究。陳若凡，廈門大學文學碩士，主要從事中國現當代文學研究。

衷引入西方文學批評方法，致使整個批評界「概念賣弄成為時髦」並使自己陷入「迷失自我的尷尬」中〔註1〕；另一方面，一些批評者堅持現代新儒學的立場，主張回歸中國本土傳統，結果導致當代文學及文化價值的混雜。在此狀況下，吳炫認為中國當代文學自身具有依附性，它始終未曾徹底擺脫「文以載道」的文學觀，從傷痕文學到改革文學、反思文學乃至晚生代文學，中國當代文學都或顯或暗地延續這種文學觀，這也是造成當代文學主體缺失的原因之一。他認為中西二元對立模式的思維方式是造成當代文學問題及困境的根源所在，因為這種思維方式僅選擇既定理論來解釋文學的現實存在，忽略了「何以成為可能」〔註2〕的深層次追問。

為破解中國當代文學的這些困境，吳炫提出「本體性否定」觀念〔註3〕。他的「本體性否定」觀，不同於黑格爾的辯證否定、薩特的存在主義否定及法蘭克福學派「反理性」否定。他將「否定」設為本體與主體位置，認為唯有「創造」最接近它，因為創造源於「人對現實的不滿足情緒和意識」，因為人的「創造」衝動必然蘊涵批判現實的意識，換言之吳炫的「本體性否定」理論由「批判」與「創造」兩個因子構成，它們「就是一個本體之中相輔相成的內容」〔註4〕。由此可見，吳炫的「本體性否定」實質就是「批判與創造」的統一，其過程就是通過否定「既定事物與觀念的『共同局限』」〔註5〕，使尚未實現自身的主體產生創造衝動、完成主體建構。我們認為，這種「本體性否定」觀帶有現代個人主義和心理分析學派的話語痕跡，缺乏辯證唯物主義的理論立場，在其所否定的「現實」或「觀點的共同局限」與所否定的結果間，似乎僅為一種歷史的對立關係而非辯證關係。

吳炫的文學「穿越」觀就建立在他的「本體性否定」觀念上，其核心就是文學對現實的「本體性否定」，既「尊重政治文化現實」但「又不限於政治文

〔註1〕楊義：《價值重建與文學批評》，《文學評論》，2001 年第 4 期。

〔註2〕吳炫：《穿越中國當代文學》，江蘇教育出版社 2007 年版，第 344 頁。

〔註3〕吳炫對於「本體性否定」的闡述主要集中於《否定本體論》《本體性否定：穿越中西方否定理論的嘗試》《否定主義美學》等著作中。見吳炫：《否定本體論》，貴州人民出版社 1994 年版；吳炫：《本體性否定：穿越中西方否定理論的嘗試》，浙江工商大學出版社 2008 年版；吳炫：《否定主義美學》，北京大學出版社 2004 年版。

〔註4〕吳炫：《論「本體性否定」》，《江蘇社會科學》，1999 年第 2 期。

〔註5〕吳炫：《本體性否定：穿越中西方否定理論的嘗試》，浙江工商大學出版社 2008 年版，第 87 頁。

化現實」〔註6〕。面對文學與現實這一古老的文學理論問題，他的「穿越」觀不同於西方的「超越」和中國傳統文化中的「超脫」。他指出，西方「超越」式的觀念易導致封閉於現實的抽象藝術與輕視現實的審美觀，「前者不符合中國經典注重具體現實的特性，後者不符合中國傳統文化的和諧精神」〔註7〕。而中國式的「超脫」本質上是對外在世界與內在思想、欲望、情感的雙重逃避，易造成文學作品缺乏現實矛盾與痛苦體驗，也消解了文學對現實的批判能力與內在審視的張力。因此，他的「穿越」意識是對中西文學兩種存在意識的超越。與西方傳統的「超越」相比，他的「穿越」不具備「超越現實」的徹底性及抽象性，目的是利用現實材料建立一個非現實世界，從而實現「藝術」與「現實」的並存關係，給現實中的人們帶來不同於現實世界的心靈寄託。與中國傳統的「超脫」相比，他的「穿越」是對「超脫」觀念的現代改造，他既期望突破儒家文化對文學的束縛又渴望破除道家無為與愜意的美學，最終達到儒釋道都難以涵蓋作品意蘊的地步〔註8〕。簡言之，吳炫的「穿越」指向的是創造性的「個體化世界」，它能使人從文學中獲得心靈依託，又能使人在審美世界與現實存在中獲得一種平衡感。我們認為，這種「穿越」觀表面上是一種「本體性否定」，實質上還是現代主義文藝觀念和現實主義文藝觀念的混合體，既希望文學具有高於現實的「審美性」，又希望文學染有現實世界的「現實性」。

再具體地說，吳炫認為中國當代文學需要穿越的是「文以載道」中的「道」，他希望用「文以穿道」來解決中國歷次文學革命變「器」而不變「道」的問題〔註9〕。他認為文學所穿越的「道」主要有三個方面，首先由政治與文化所構成的現實，其次是由欲望、享樂、趣味、溫情等構成的日常生活與私人生活，最後是「穿越」文學文化現實即擺脫對中西文學的依附狀態而建立一個獨特的形象性世界〔註10〕。換言之，吳炫主張的「穿越」本質上強調的是個體對以上三種現實形態的「批判與創造」，在此基礎上使作家對政治、道德、審美形成「個體化理解」。在他看來，唯有這種「個體化理解」才能解決中國當代文學的困境及危機問題。這種「穿越」觀是對當代文學批評局限的一種質疑或否定，是吳炫試圖擺脫中西二元對立思維模式的思想嘗試，也是他試圖重建

〔註6〕吳炫：《穿越中國當代文學》，江蘇教育出版社2007年版，第72頁。
〔註7〕吳炫：《穿越中國當代文學》，江蘇教育出版社2007年版，第73頁。
〔註8〕吳炫：《穿越中國當代文學》，江蘇教育出版社2007年版，第3～9頁。
〔註9〕吳炫：《穿越中國當代文學》，江蘇教育出版社2007年版，第258頁。
〔註10〕吳炫：《穿越中國當代文學》，江蘇教育出版社2007年版，第9～15頁。

當代文學主體性的個人努力。因此，它被人譽為「解決中國當代精神問題的最高理性理論」〔註 11〕。

需要指出的是，這種「穿越」雖具有對當下文學各種話語的質疑，但也有為理論而理論、為創新而創新的「自為」弊端。因此，吳炫的「穿越」有「矯枉過正」之嫌及不成熟之處。比如，為體現「穿越」是一種獨創性的批評方式，他極力撇清「穿越」與「超越」的範疇關係，實際上它們之間依然存在語義交集。他的「穿越」目的是建立一個「尊重但不限於」政治文化現實的「個體化世界」，顯然帶有一種「由此及彼」的「超越」意味；但其「原創」姿態使他刻意保持與「超越」的距離，這就導致他的理論存在邏輯不自洽的危險。他一方面認為「穿越」與「超越」的共同點在於「都秉持了人類告別自然界所依賴的『創造性』」〔註 12〕，但另一方面又強調「『超越性』所說的審美理想並不一定指創造性」〔註 13〕。此外，他用「本體性否定」代替超越性否定，試圖建立一種價值的多元論，因此不得不消解穿越結果對於穿越對象的進步性，也不得不強調穿越對象與穿越結果間「不同而並立」的關係。這造成了價值判斷上的邏輯悖論。比如，他認為「區別於傳統也區別於現代的『個體化世界』」是「文學的最高境界」〔註 14〕，那麼，與傳統與現代應是「不同而並立」的「個體化世界」又何以能夠成為文學的最高境界？可見，吳炫「不厭其煩地論證這種『否定主義』與其他西方現代理論或者中國傳統理論相關概念的區別，執拗地企圖『超越』，結果悖論般地糾纏其中，『原創』成為一種情結」〔註 15〕。

二、「穿越」文學批評及其局限

吳炫的「本體性否定」注重的是「本體何以成為可能」，因此，他以「穿越」觀進行文學批評時，就擱置了「文學是什麼」這個易使人陷入本質化的思想命題，轉向對「文學依靠什麼才得以成為好文學」的思考。他強調文學應回歸到其自身，並且應把文學性作為衡量文學價值的唯一尺度。

〔註 11〕牛學智：《「文學穿越論」與「個體化理解」——吳炫文學批評理論》，《小說評論》，2011 年第 2 期。

〔註 12〕吳炫：《穿越中國當代文學》，江蘇教育出版社 2007 年版，第 4 頁。

〔註 13〕吳炫：《穿越中國當代文學》，江蘇教育出版社 2007 年版，第 74 頁。

〔註 14〕吳炫：《穿越中國當代文學》，江蘇教育出版社 2007 年版，第 288 頁。

〔註 15〕張軍府：《「第三種批評」：理論原創的困惑與探索》，《齊魯學刊》，2011 年第 3 期。

中國當代文學長期以來並未擺脫文學進化觀念的思想束縛，這種觀念不僅建立在「新舊對立」的思想基礎上，而且過度依附西方的現代性話語，導致「『文學理論現代化——西方現代文論參照』已經形成了中國現當代文藝理論的主導性價值取向」〔註16〕。吳炫認為，這種照搬西方文學理論的中國當代文學理論，不僅造成中國文學批評者難以建立「中國自己的思維方式」，而且不會從中國角度去考慮「既相通於西方又區別於西方的提問方式」，更難以從中國文學創作經驗及問題中去提取「『文學性』的中國式內容」，由此產生以西方文學觀念「描述、評價中國文學或隔靴搔癢或生搬硬套等弊端」〔註17〕。對此，他認為有必要重新界定文學性以適應當代中國文學的自身特質。他認為，文學性是「文學實現自身所達到的程度」，也就是作家穿越現實束縛、創造「個體化世界」所達到的程度，這既是「好文學」與「平庸的文學」的區別所在，又不同於「個性化」或「私人化」文學〔註18〕。

吳炫對文學性的重新界定，打破了以往多以「內容」與「形式」來評判文學的批評方式。八十年代以來英美「新批評」理論雖在當代中國深入人心，但這種批評方法執著以文本內容的闡釋來評價文學，自然難免會造成文學認識的片面化。同時他也認為純粹的形式主義理論同樣無法作為文學性的評價標準，因為當代各種形式主義文學理論多關注文學內部的結構問題，而忽略文學蘊涵的現實性、社會性及民族性，批評者若僅從「形式」層面就難以解釋「馬原與羅伯格里耶的差距」〔註19〕。在吳炫看來，「內容」與「形式」僅為作家對現實的「本體性否定」，文學性則是這種「本體性否定」所達到的程度。他用「形象」來衡量文學「實現自身」的程度，並將它分成「形象—個象—獨象」三級遞進結構。他認為，形象是文學對生存和概念現實的「本體性否定」，其符號文本的能指與所指間的意指關係是單一、牢固的，這種意指關係多由意識形態決定；「個象」是「有個性的形象」，是對雷同的藝術表現現實的「本體性否定」，作家以「個人」為起點從而擺脫思想與藝術的重複性，使文本逐漸呈現開放性的樣態；「獨象」是「獨特的形象形式世界」，作家需要「穿越」中西價值觀念才能塑造出真正獨立的人物形象〔註20〕。不難看出，吳炫以「形象」

〔註16〕吳炫：《論中國式當代文學性觀念》，《文學評論》，2010年第1期。
〔註17〕吳炫：《論中國式當代文學性觀念》，《文學評論》，2010年第1期。
〔註18〕吳炫：《穿越中國當代文學》，江蘇教育出版社2007年版，第18～20頁。
〔註19〕吳炫：《穿越中國當代文學》，江蘇教育出版社2007年版，第19頁。
〔註20〕吳炫：《穿越中國當代文學》，江蘇教育出版社2007年版，第21～33頁。

作為衡量「文學性」的標準，在文化研究熱潮盛行不衰的當下仍堅守純文學的觀念，試圖從文化研究熱潮中返歸到對文學自身的關注，以求在「形象—個象—獨象」的遞進結構中完成對文學本體的理論重構。

因此，吳炫的文學批評是一種簡單的價值判斷，在意的僅是作家「與既定世界穿越關係的審美依託」〔註21〕及達到文學的終極目標——作家的「個體化世界」。這種批評意味著一種局限性研究，即探討作品中存在「哪些因素阻礙作家建立『獨特的世界』」〔註22〕，為尚未實現自身的非存在性文本建立一個可能的「個體化世界」。或者說，他致力於將「個體化世界」描述為一種可能達到的潛在文本形態，以模糊且多義的審美理想對作家的審美衝動進行召喚，使作家對現有文本進行自覺地「本體性否定」。在《穿越中國當代文學》這部著作中，他審視了中國當代作家、作品、思潮及文學觀念，揭示出中國當代文學普遍存在的局限與缺失。他認為王蒙、張承志、賈平凹、張煒與莫言等著名當代作家，因依附對象的不同而制約了他們作品文學性的實現程度，成為中國當代文學文學性缺失的縮影。例如，他指出早期王蒙對世界的理解僅限於「王蒙式的忠誠」，圓滑和世故讓他將難能可貴的敏銳化作機智，試圖使被批判者自我感化的同時又不觸怒批判者，因此他的批判更像是隔靴搔癢式的「牢騷」，這注定了他的批判深度無法觸及到世界觀層面，其藝術活力只能停留在對藝術技巧的探索與雜糅上；而他後期以維持生存為目的的「寬容」，也造成其內心深處存在巨大的空虛，在世界觀上依附道家的超脫與隨意，創作上依附傳統理性主義，在面對藝術和現實時選擇依附現實，最終導致他無法確立自身生存世界的價值尺度〔註23〕。同樣，他也指出其他作家的局限性，認為賈平凹「難以穿越傳統」，張煒陷入「孩童化」困境，張承志「聲嘶力竭」而內心空虛，張賢亮則「沒有愛情，也沒有尊重」。可以說，吳炫對這些作家文學創作的「局限性研究」具有開拓意義，這些批判基本上成了後來研究者「研究這些作家時的一個思維慣性」〔註24〕。

然而，吳炫的文學批評僅完成「批判」的任務，他為作家建構的「個體化世界」也是模糊且多義的，而克服局限的「創造」任務或難題則交給了作家。

〔註21〕吳炫：《穿越中國當代文學》，江蘇教育出版社2007年版，第17頁。

〔註22〕吳炫：《穿越中國當代文學》，江蘇教育出版社2007年版，第59頁。

〔註23〕吳炫：《穿越中國當代文學》，江蘇教育出版社2007年版，第87～104頁。

〔註24〕牛學智：《「文學穿越論」與「個體化理解」——吳炫文學批評理論》，《小說評論》，2011年第2期。

這種帶有話語霸權色彩的批評，讓人們有理由質疑其批評的合理性及對作家「創造性」的強調。吳炫曾以「雙重質疑」〔註 25〕觀念將文學分為三個境界，第一種境界是在現實層面尋求心靈寄託因而難以創造區別於任何中西方作品的個性與思想，第二種境界的審美指向是「無言中才感到充實」，而最高的第三種文學境界是建立有哲學意味的可言說的世界〔註 26〕。這種境界的區分實際上蘊涵著個體創造能力的差異，天才作家自然就擁有完成「穿越」的自覺意識，而平庸作家受個人或是社會的局限而難以建立「個體化世界」。即是說，他的「穿越」批評僅是一個美好願景或烏托邦想像。他雖然承認文學批評的多元性與可爭議性，但其確立的「個體化世界」更多是自我話語而忽略了作家個體審美理想的差異性。因此，我們完全有理由質疑他的「個體化世界」標準的理論價值及有效性。正如有些學者所言，他的「第三種批評」實際上「批判多於創造，解構大於建構」，它關心的僅是「批評理論的建構，而且急於催生『大師級』的批評家」，然而從他運用其理論闡釋文本來看，「這種理論形態的文本闡釋仍然存在諸多問題」〔註 27〕。

吳炫的「穿越」文學批評在作家創作中顯得不夠完善，但它對中國 20 世紀新文學潮流的批評卻較為中肯。眾所周知，在中國 20 世紀新文學史上，現實主義、浪漫主義、現代主義、後現代主義等潮流先後開一時之風氣，其匆匆而過的身影表面上呈現了中國新文學的繁榮及生機，但實質上是以現代性為內在邏輯的西方文學思潮在中國的重現。在吳炫看來，20 世紀中國文學思潮間並不具備連貫的邏輯關係，此消彼長的原因在於中國作家以文化選擇與認同來解決文學問題，忽略了只有原創才可以解決當代文學空虛貧乏的困境問題。他認為西方現代文學思潮是一條邏輯化的意義鏈條，不同的文學思潮間存在明顯的「本體性否定」關係，但中國 20 世紀各種文學思潮都是以一種既定觀念來否定另一種既定觀念，這樣的否定無法構成本體意義上的否定關係。因此，中國 20 世紀文學思潮實際上只是對西方思潮否定結果的擁有，這種「擁有」對中國當代文學的衝擊效果遠大於建構的意義。例如，他認為中國的現代

〔註 25〕第一重質疑即作家對現實進行質疑和「本體性否定」，第二重質疑則是將第一層次的否定結果作為材料，進而形成文本的深層次結構。見吳炫：《穿越中國當代文學》，江蘇教育出版社 2007 年版，第 68 頁。

〔註 26〕吳炫：《穿越中國當代文學》，江蘇教育出版社 2007 年版，第 68～70 頁。

〔註 27〕張軍府：《「第三種批評」：理論原創的困惑與探索》，《齊魯學刊》，2011 年第 3 期。

主義是模仿出來的，它從一開始就被當作一種文學技巧來理解，因而中國的現代主義與西方的現代主義有著本質區別，中國的現代主義出現在封建話語仍未完全消除的特定歷史時期，其反抗的則是「封建倫理性文化給人造成的窒息感」〔註 28〕。如果我們將西方人異化後的自嘲等同於中國的現代意識，那麼，中國當代作家的認知就將會與中國的現實存在發生「想像性」錯位，缺乏現實基礎的文學「救贖」也將陷入不知何去何從的困境。吳炫對中國現代主義的憂慮自然具有意義，中國當代文學只有確立自我的內在發展邏輯，才能夠向世界貢獻一種「可以涵蓋東方神韻的、文化與文學相一致的現代主義」，即當代文學的本體重構只有「我們從我們這兒去尋求」的道路〔註 29〕。這種重視文學「本土化」或「民族化」的傾向，成為吳炫「穿越」批評的另一方面。

吳炫的「穿越」文學批評是一種以「文學性」為核心的批評，是強調作家「穿越」傳統與現實的「個體化理解」的批評。這種批評帶有主觀主義色彩及霸權傾向，其意圖雖在促使中國文學走向自我的主體性及文學性，但失去了批評者對作者的「同情心」（同情的理解）以及對文本內涵的欣賞或接受。

三、吳炫的「穿越」文學史觀

上世紀 80 年代出現了「重寫文學史」的熱潮，形成了啟蒙主義、現代性、20 世紀文學等幾種影響較大的文學史觀念。不可否認，這些新文學史觀都帶有質疑現代文學「新民主主義」史觀的合理性，目的是探尋現代文學自身真實的歷史結構及歷史特質。然而，受當時「文化熱」的社會語境影響，這些新文學史觀多將現代歷史、文化作為其文學觀的基點，或者說，將文學史視為史學形態而非審美形態，因此在具體文學研究及文學史寫作實踐中將「非文學」成分納入進來。這種現象愈來愈引起人們的擔憂乃至不滿，人們似乎更願意文學史重新回到文學審美這一維度上來。吳炫基於「穿越」的文學史觀即是其中之一，他認為文學史寫作必須排除所有非文學的「異質性」因素，其思維範疇也必須建立在文學「穿越」的本體上。

吳炫反對人們把「現代性」作為考察現代文學史的思想維度之一，指出它是一種非文學性質的概念，其蘊含的整體化傾向無益於純粹的文學史寫作。不可否認，「現代性」這個概念無論是作為一種思想範疇還是作為一種修辭範

〔註 28〕吳炫：《穿越中國當代文學》，江蘇教育出版社 2007 年版，第 189～196 頁。
〔註 29〕吳炫：《穿越中國當代文學》，江蘇教育出版社 2007 年版，第 196 頁。

疇，都有利於呈現中國現代文學與傳統文學的差異及對立，有利於確立20世紀中國現代文學的歷史特質。但在吳炫看來，它是一個文化概念而非文學概念，以文化視闞來對文學現象進行關照，固然會比依附政治觀念擁有更大的闡釋空間，但很可能在不同程度上遮蔽作品中呈現出的藝術價值，無法體現文學對現代文化的「穿越」，也無法說明古代經典作品擺脫意識形態與傳統文化的程度〔註30〕。即是說，他認為現代性的「個性、自由、解放」等語義內涵只能呈現文學的文化性，不能鮮明呈現同一題材下作家的創造性努力和「個體化理解」程度，難以用它對具體文學作品的文學性進行判斷。因此，吳炫把他「穿越」的文學觀移植到文學史觀上來，認為「個體化理解」的文學性與以「人的自由和解放」的現代性是截然不同的兩回事。他在批評「20世紀中國文學史」寫作實踐時說，後者用「現代性、共同性、技術性」等概念對文學進行描述，從文化、思潮等角度對文學進行關照，「難以觸及文學『穿越』這些要求、建立獨特的『個體化世界』的程度，難以觸及文學對文化的我所稱的『本體性否定』特性」，因此，這種文學觀雖突破了「政治對文學的束縛」但並沒有突破「文化對文學的束縛」〔註31〕。

吳炫的「穿越」文學史觀，實際上是以文學創作為中心的傳統文學史觀的另一話語形態，實質上混淆了文學創作、文學理論和文學史這三者之間的空間界限，但他對「現代性」這一思維概念對文學史「真實」造成遮蔽的批評卻是公允的。不僅如此，他還揭示了「現代性」這一西方話語移入到中國20世紀文學史研究中造成的尷尬困境。現代性本質上是一種進化論的時間政治，在中國現代「植入式」的文學語境中，它被外化為現代／傳統、進步／落後、文明／愚昧等對立形式，呈現為歷史進步論的審美思維方式。吳炫指出，這種審美思維在文學史中帶來的尷尬處境是，20世紀知識分子似乎並未普遍找到古人那樣的文化優越感，20世紀中國文學在文學經典數量和質量上呈現一種下滑趨勢，這也割裂了中國文學在審美方式及其形態上的歷史傳統〔註32〕。這些思維與歷史不統一的尷尬狀況，充分證明了「現代性」在20世紀中國文學史建構中的不貼切性。

總而言之，吳炫認為以現代性為首要維度構建出的文學史是片面、失衡且

〔註30〕吳炫：《穿越中國當代文學》，江蘇教育出版社2007年版，第289～295頁。
〔註31〕吳炫：《穿越中國當代文學》，江蘇教育出版社2007年版，第289頁。
〔註32〕吳炫：《穿越中國當代文學》，江蘇教育出版社2007年版，第293頁。

忽略個體生存狀況的，這種文學史以文化性代替文學性作為文學評價的尺度，只能產生一個「大而無當」的文學史，難以對 20 世紀經典作家與一般作家的差異進行合理描述。因而，他把文學性視為文學史敘述的唯一尺度，以文學的「經典關係結構」取代文學的「文化時間結構」〔註 33〕，也不再將古代文學、現代文學、當代文學視為「斷裂性」的歷史空間，其唯一的敘事對象即是中國文學如何「穿越」政治文化現實的狀況。這種文學史所要考察的是文化政治如何轉化為文學革命的文學性因素，關注的是作家在普遍化的非文學性內容中如何實現自身的「個體化理解」。即是說，他認為只有將文學經典作為文學史的空間座標，才可重構「純粹文學」的獨立品格，才能找回在中國當代文學中失落的本體價值。有學者指出，吳炫試圖建構的「純粹的文學史」本質上是一種反歷史寫作，他「感興趣的絕不是在文學自身的展開過程中發現某些規則或秩序，而只是在文學歷程中比較某些文學質點（主要是天才式的文學亮點）的類似或優劣」，是「對任何一種體系化斷代性文學史寫作可能性的全盤否定」〔註 34〕。人們還可發現，吳炫這種文學史觀所預設的一個思想前提，是中國文學「文以載道」的傳統觀念。他認為中國現當代文學的「形式革命」仍然停留在「載道」的依附層面，認為「五四」時的文體變革仍然只是「器」的改變，甚至認為中國現代不存在文學革命。這種高度抽象、缺乏現實基礎的空洞理論，也很難對中國文學史進行有效的建構或闡釋。

綜上所述，吳炫的「穿越」文學觀及文學批評、文學史觀，都帶有鮮明的本質主義傾向，也帶有濃厚的精英主義文學傾向。它們共同把「個體化理解」推到了「穿越」一切的位置，其意圖是想在歷史主義及文化研究盛行的當下尋找文學的主體性，但因其將文學進行高度的抽象及想像，不僅使文學歷史及其研究喪失了現實性及歷史性，而且難以為人們所接受及付諸現實實踐。

〔註 33〕吳炫：《穿越中國當代文學》，江蘇教育出版社 2007 年版，第 307 頁。

〔註 34〕譚桂林、孔範今、朱國華等：《對文學史觀念的再認識（筆談）——兼評吳炫的文學史觀》，《中國社會科學》，2001 年第 4 期。

後　記

本書是我 2017 年開始在《晉陽學刊》主持的「中國現代文學研究型態」不定期專欄中的論文的彙編，原來用「型態」一詞表示的是「類型與姿態」，但是前陣子我諮詢過一位語言學教授，他說雖然「型態」也可以用，但建議用通常的「形態」，以免讀者費解，故此我將「型態」改為「形態」。對於各種形態，我也只是列出一些代表性的學者，雖然難免掛一漏萬，但也沒必要列流水帳。專欄第一期是「思想者型」專輯。我將王富仁、錢理群兩位先生視為中國現代文學學界的思想者，沒想到論文收集完不久，就驚聞王富仁先生去世的噩耗，也沒想到「思想者型」這一概括，也與劉勇、李春雨 2022 年出版的著作《思想型的作家與思想型的學者：王富仁與中國現代文學研究》有著不謀而合之處，可見這是學術界的公論。在本書緒論的第一部分，我將這一專欄的主持人語（專欄導語）匯總並修改，增加進去。這一專欄，是對我多年來所讀的論著的一次思考、重審和聚焦，也算是對我現代文學學術閱讀的一次小結。專欄中的論文，除了周循、彭冠龍撰寫的那篇，其他都發表在《晉陽學刊》上，它們或被《新華文摘》輯覽，或被收入名家編輯的書中，或被一些公眾號推送，或被一些學者關注（如研究楊義老師的文章發表在《晉陽學刊》2019 年第 1 期，剛好是春節前，楊義老師對作者龍其林兄說這是送給他的「最好的新年禮物」），可謂各有各的命運。我也感謝《晉陽學刊》的編輯馬豔老師，我第一篇論文就是發表在該刊上，我們原來素未謀面，只是作者和編輯的關係，後來才在山西運城學院的西川論壇上見過一面。

感謝各位學界同仁的支持，他們有的是我的老師，有的是我的同門、同學、朋友，有的是素未謀面的文友，例如我找人研究金宏宇老師，找到中國社科院的冷川兄，他轉而請他夫人韓衛娟老師撰寫。因為篇幅限制，我將自己的《論楊義對中國現代文學研究的貢獻》刪除，現將本書各章節的分工明確如下：

緒論：黎保榮（肇慶學院文學院）。

第一章第一節：張克（深圳職業技術大學人文學院）；第二節：唐偉（中國作家協會網絡文學中心、北京大學中文系）。

第二章第一節：李平（南京師範大學文學院、保險職業學院）、龍其林（廣州大學人文學院、上海交通大學人文學院）；第二節：劉衛國、王金玲（中山大學中文系）。

第三章第一節、第六章第二節：張麗鳳（廣東財經大學人文與傳播學院）；第三章第二節：常琳（湖南農業大學人文與外語學院）。

第四章第一節、第八章第一節：晏潔（海南師範大學學報編輯部）；第四章第二節：包瑩（暨南大學文學院、中山大學中文系）。

第五章第一節：李浴洋（北京師範大學文學院）；第二節：盧阿濤（西南大學文學院、湖南第一師範學院文學與新聞傳播學院）。

第六章第一節：韓衛娟（北京聯合大學師範學院）。

第七章第一節：郭垚（溫州大學人文學院）；第二節：周循、彭冠龍（山東師範大學文學院）。

第八章第二節：王燁、陳若凡（廈門大學中文系）。

我是 70 後，為表謙虛，也為表慎重，在專欄中我沒有專門研究 70 後學者。但這並不是說 70 後學者治學不好，相反，70 後學者雖然缺乏前輩的大視野，缺乏前輩融通古今中外的深厚的大人文研究。但就中國現代文學研究來說，70 後學人中還是有一些熱愛學術、創新性強、實力深厚、較有影響的代表，例如賈振勇主編的人民出版社出版的《奔流·中國現代文學研究叢書》中的 70 年前後出生的學者，他們是文貴良、段從學、李永東、符傑祥、賈振勇、姜濤、張潔宇、袁盛勇、劉春勇等人。做學術史應該海納百川，要能容納自己不感興趣或不喜歡的東西，不能只選自己熟悉、觀念相近的師友來研究，否則只能算是學派史，相對狹隘和排外。畢竟，我們要知道，我們不感興趣、不喜歡的東西，並不會因為我們的態度而消失，在一個多元的世界裏，在寬容的眼光裏，他們都自有價值存焉。

原來向同為 70 後的冷川兄約稿時，他說我做的是學科史研究，這是我無意之中進入的領域。如前言所述，劉衛國、賈振勇都是 70 後做中國現代文學學科史研究的代表。我也曾寫過幾篇淺陋的學科史論文，如《現當代文學史著作的史料錯訛》《也說〈中國現代文學三十年〉（修訂本）中作品與史料復述瑕疵》《當今中國現當代文學研究的四種理路及其評析》等文。而冷川兄在做的中國社科院文學研究所的所史研究，是典型的學科史研究，這是值得期待的。

而不少前輩則是值得我們學習的，我們尤其要學習他們對文學或學術的熱愛。2023 年 5 月 30 晚上驚聞孔範今老師去世，於是第二天上午起床後，默默地找他的書。在房間的書架上沒有，但在客廳的書架上找到了他主編的《中國現代文學補遺書系》，那是我十多年前讀博的時候買的，當時我才知道文學史上忽略的作家鹿橋及其長篇小說《未央歌》。之後我順便查了一下，發覺自從 2017 年王富仁老師去世之後，相繼駕鶴西去的中國現當代文學、文藝學著名學者有錢谷融、朱德發、王世家、董健、徐中玉、張恩和、吳福輝、舒乙、劉思謙、劉增傑、姜德明、王鐵仙、孔範今、楊義、孫玉石、王萬森、程正民；相繼去世的著名作家有余光中、李敖、劉以鬯、金庸、林清玄、流沙河、鄭敏、張潔、倪匡、李國文、西西、黃永玉、諶容；相繼去世的著名歷史、哲學學者有李學勤、章開沅、何兆武、余英時、李澤厚、林毓生、馮天瑜、胡偉希、王文楚等，尤其是余英時、李澤厚、林毓生，對中國現當代文學研究影響甚大；相繼去世的著名翻譯家則有許淵沖、葉廷芳、羅新璋、柳鳴九、劉紹銘等。當然，還有中國學者熟悉的外國作家、學者大江健三郎、米蘭・昆德拉、揚・阿斯曼，也相繼仙遊。他們的去世，對學界、文壇都是巨大的損失。尤其是楊義先生去年 6 月 15 日晚 21 點 46 分逝世，第二天上午我正送我爸去複診，在群裏驚悉其逝世消息，油然而生一種失落、感傷之情，不少人缺乏對學術的熱愛，所以也就沒有那種痛失先驅、同道的感傷。當很多人還在小領域、小圈子繞來繞去的時候，楊義先生已經走出很遠很遠。而米蘭・昆德拉去年 7 月 12 日也「走」了，我年輕時曾讀過他的《生命中不能承受之輕》等書。如今大師遠行，閱讀、學習才是最好的悼念。斯人已逝，情何以堪。

——2023 年 5 月 31 日 21 點 52 分，2024 年 2 月 28 日上午 10 點 22 分